文春文庫

椿山

乙川優三郎

文藝春秋

目次

椿山

単行本　平成十年十二月　文藝春秋刊

ゆすらうめ

（妙な桜だ……）

　はじめてその花を見たとき、孝助《こうすけ》は何の感慨もなくそう思った。四囲《しい》を家の外壁《そとかべ》と塀に塞がれ、ろくに陽の射さぬ裏庭に、桜にしてはか細い立木がひっそりと息づいていた。五坪たらずの庭には出入口すらなく、誰が世話をするわけでもない。それでも枝はよく分枝《ぶんし》して梅の木ほどの高さに広がり、いまも端々にまで白い五弁花を咲かせている。よく見ると花弁は色も形もくっきりとしてい、花の陰には新葉も繁茂している。妙に感じたのは、桜にしては早々と萌え立つ緑のせいかも知れなかった。

　もっとも、そのときは変わり種だろうくらいに思っただけで、とりわけ興味があって眺めてきたわけではない。仕事場の帳場の明かり障子を開ければ、そこに見える。ただそれだけのことで、桜でなければ何であるのかさえ未だに知らなかった。

（それにしても……）

　こんなところでよく咲くものだと思いながら、孝助は向き直り、改めておたかの白い顔を見た。

一

「あれ、久し振りじゃないか」

その年の春も行くころになり、ひょっこり顔を出した女衒《ぜげん》の錦蔵《きんぞう》へ、

「少し肥ったようだね」

おふじは前夜の上がりを数えながら言ったが、その眼は逸速《いちはや》く錦蔵が連れている娘の器量をとらえていた。

「どうです、江戸なら二、三百は堅いところですがね」

おふじが密かに注目したことに、錦蔵もすぐさま応じた。奥の帳場からちらりと見ただけの孝助の眼にも娘は掘出し物に見えた。

「ま、とにかく入っておくれな」

とおふじはそ知らぬ顔で言い、孝助に金を仕舞うように目配せをした。

孝助は黙って従った。錦蔵が法外な値をふっかけてくることも、姉のおふじがその半値あたりで話をつける腹でいることも分かっていたし、いまさら無駄な口出しはしたくなかった。
二、三百は大袈裟にしても、江戸で高値で売れるものを、錦蔵が素通りしてきたから

にはそれだけのわけがあるはずだと、おふじはそういう頭はすぐに働く。銭に銀が混じると確かな勘定もできぬくせに、人が数えたものはたとえそれが弟でも信用しないように、何でもまずは疑ってかかる。

そんな女だから、こちらがいくらまじめに勤めたところで、おふじの信頼を得ることはまずない。ましてや薄汚れた小娘を連れてくるだけで付け値の二割も持ってゆく錦蔵などは、おふじにとっては論外だった。

「歳は十六、器量は見ての通りです」

果たして錦蔵は六年年季で百二十両でどうかと切り出したが、

「百二十両ねえ」

おふじは舐《な》めるように娘の体付きを眺めながら不満気に呟《つぶや》いた。やや幼いが男好きのする顔、百姓の娘にしては色白な肌、磨いて化粧をすれば黙っていても客はつくだろう。百二十両など一年もあれば元は取れるだろうし、うまくして身請け話が出ればいくら儲かるか知れない。

だが、孝助が思った通り、おふじはどうでも娘が欲しいという本心はこれっぽかしも見せなかった。

「何で江戸を素通りしてきたのさ」

「そりゃあ、たまには海老屋さんにもいい思いをしていただこうと思いましてね、越後からの道中、女将《おかみ》さんの顔がちらついてきたんですよ」

「ふうん、越後の生まれかい」

錦蔵のお愛想にも、おふじは気のない声で言った。

「越後の女は強情だからねえ」

おふじはそれから、かつて錦蔵がやはり越後から連れてきたお縞《しま》という女が、いかに性悪で儲けにならなかったかをくどくどと話した。女が武州の生まれだといえば、武州の女の話をする。そんな話はおふじにはいくらでも作れた。

馴れたもので錦蔵もしばらくは観念して聞いていたが、自信はあるらしく、色黒の顔にはまだ笑みを浮かべていた。娘はそのとなりで、まるで瀬戸物か何かのようにじっと固まっている。

はじめて連れてこられた娘がみなそうするように、身を縮め、うなだれてぴくりともしない。自分の身代金のことか、国許の親兄弟のことか、何を考えているにしろ絶望に近いものだろう。

孝助がさりげなく娘を眺めていると、

「十年、八十両だね」

というおふじの声が聞こえた。見ると、さすがに錦蔵は顔を曇らせていた。

「女将さん、いくらなんでもそれはあんまりだ、これだけの玉は滅多にいやしません、十年で八十じゃ海老屋さんへ連れてきた甲斐がないってもんです」

錦蔵は、年季の六年は娘の親との約束で変えられぬとも言った。そのあたりは妙に律儀な男で、女衒なりの信用にかかわるらしかった。

娘の親も年季が明けて二十二歳なら、まだ嫁がせることもできるだろうと一縷《いちる》の望みをかけたのかも知れない。だが、そんなことは気にもかけずに、だったらじっくり見させてもらうよ、とおふじは言った。

「おいで」

「……………」

「何してるんだい、こっちへ来るんだよ」

おふじに怒鳴られて娘はようやく立ち上がったが、足が竦《すく》んで動けぬようだった。

おふじが引き連れて次の間へ消えると、孝助と錦蔵はどちらからともなく顔を見合わせた。錦蔵は苦笑いしてすぐに煙草を取り出したが、孝助は笑えなかった。一度は自分も同じ思いをしたはずであるのに、おふじは商売となるとまるで容赦のない女だった。

孝助はそういうときのおふじが何よりも嫌いだったが、自力でどん底から這い上がってきた姉を責める気にはなれずにいた。おふじのお蔭で孝助の一家は首をくくらずに済んだのだし、いまの自分があるのもおふじのお蔭と言っていい。ときおりおふじの悪徳振りに吐き気がするときがあっても、吐けるだけの飯も食えぬ百姓を続けているよりはましだとも思っていた。

「や、いや、堪忍してください」

それが、孝助がはじめて聞いた娘の声だった。じきにおふじが娘の頬を殴る音も聞こえた。

錦蔵がちょうど一服し終えたころには襖《ふすま》が開いて、丸裸の娘の髪を鷲掴みにしたおふじが、これでも上玉かえと錦蔵へ食ってかかった。そのとき娘の背中に大きな火傷《やけど》の痕があるのを孝助も見たが、それはおふじが血相を変えるほど商売に差し障りがあるようには思えなかった。もっとも、おふじはそんなことは承知のうえで錦蔵との駆け引きのために怒鳴っているのかも知れず、その証《あかし》に娘は垢衣《こうい》の下に火傷を補って余りある美しいものを隠していた。

娘は越後・新発田《しばた》の生まれでおたかといった。結局、それから小半刻後にはほぼおふじの思惑通り、六年年季の七十両で話はまとまり、おたかは翌日から客を取った。人別のうえではおふじの養子となって、日常でもおふじをおかあさんと呼ぶ暮らしがはじまったのである。その意味では、おふじは子沢山だった。おたかの実の親へ渡った金は、錦蔵の利鞘《りざや》やわけの分からぬ支度料を差し引くと、四十両にも満たなかったのではないだろうか。

そうしておたかは娼妓となり、海老屋の売れ筋となった。一見《いちげん》の客には床入りまで背中の火傷は分からぬし、火傷を見ても離れる客はいなかった。それどころか火傷の痕を慈しむ客まで現われて、おたかは海老川町で最も金を稼ぐ娼妓となったのである。

そして六年が過ぎた。当然のことながらおふじにも一目置かれ、店とも客とも問題を起こさずに年季を勤め上げたおたかは、暁を迎えた今日、店を出てゆくところだった。

「もう一度だけ考え直してみる気はないかねえ、まだ若いんだし、これからはいくらでも稼げるじゃないか」

おふじが未練がましく言うのにも、おたかはもう決めたことだからと言って聞かなかった。客はよくついたが、どちらかというとむっつりとして暗い感じのする女だった。

「おかあさんには長い間お世話になったけど、やっぱりあたしには向いていないんです」

「しかしもったいないねえ、国へ帰るわけじゃないんだろう」

孝助は黙っていた。国へは帰らぬという気持ちも、自由になって静かに暮らしたいという気持ちもよく分かっていた。

おたかは目と鼻の先の川向こうに家を借りて、いずれは遊び帰りの客に蕎麦でも売って暮らすのだという。おふじと違い、そういう地味な暮らしのほうが似合う女だった。

海老川町から離れぬのも、娼妓という前身を隠し、怯えて暮らすのが厭だからだろう。この町なら、かつての客に出会ったとしても、海老屋のおたかじゃねえか、ええ、そうです、で終わる。頭のいい女だし、この器量なら何をやっても繁盛するに違いない。

「じゃあ、これで……」

おふじの口弁を聞いていても切りがないので、やがておたかはすっと腰を上げた。

「気が変わったらいつでも言ってきなよ、近いんだから」

「お世話になりました、おかあさんも番頭さんもお元気で……」

おたかは廊下で待っていた娼妓らへ、みんなも達者でねと言って土間へ下りると、ひとつ大きく息をついたが、そのまま振り返らずに隙間風のように出ていった。

部屋代だ蒲団代だと店から強制的に負わされた借金も返し、年季明けと同時にきっぱりと足を洗ったおたかを、娼妓らは羨望の眼差しで見送っていたが、すぐにおふじの叱咤がはじまった。

「さあ、さあ、いつまでも突っ立ってるんじゃないよ、おしの、今日からおまえがうちの看板だからね、しっかり稼ぐんだよ」

散々引き止めておきながら、おふじはもうおたかのことは忘れているかのようだった。頭の中にあるのは金のことだけで、ほかのことは一切考えにない。金がなければいつ誰にでも身を売るかわり、金さえあれば安心していられる。たぶん死ぬまでそうだろう。

「おゆき、さっさとおし！」

まだ続いているおふじの刺々《とげとげ》しい声を聞きながら、孝助はじっと裏庭を見た。何ひとつ手入れもしないのに例の変わり桜が満開の花をつけていたが、薄曇りの空の色に沈んでまったく生彩がない。

（こんなところで……）

どう咲いたところで誰もまともに見てはくれぬだろう。それだけおたかは利口だったと思う一方で、年季のない自分はいつになったらここから抜け出せるのだろうかと思った。

二

海老川は広いところでも幅三間ほどの小さな川で、海老川町を茶屋町と呼ばれる色町と堅気の町屋とに分けている。橋はいくつもあるが、茶屋町へ通ずる三本にだけ呼び名があって、北のほうから上ノ橋、中橋、下ノ橋という。茶屋側の土手には古くから桜が植えてあり、普段は決して足を踏み入れぬ女子供も花見のときだけは橋を渡ってくる。はっきりとしない空のせいか人出は疎《まば》らだったが、中橋から茶屋町を出たとき、おたかははじめてその桜堤を見たように思った。六年前に来たときには下ばかり見ていて目に入らなかったのだろう、一歩先をゆく錦蔵は野良仕事のほかは何もかも知り尽くしているように思えたし、自分は野良仕事のほかは何も知らなかった。

「ああ」

おたかは胸いっぱいに息を吸った。目に映るのは茶屋町に比べるとひどくおとなしい町並だったが、故郷の晴れ渡った野良へ遊びに出たような気分だった。たとえそこが奈落の底でも、自由を得た喜びには替えられぬだろう。

夜ごと客に火傷の痕を見せろと強いられることもなければ、癇に障るおふじの声を聞くこともない。そして何よりも、今日からはどんなに貧しい膳であろうとも自前の夕餉《ゆうげ》が食べられるのが嬉しかった。

海老屋では娼妓に夕餉は取らせず、言ってみれば客の食べ残しが夕餉だった。茶屋といっても内実は女郎屋と変わらず、廻しも当たり前だった。それだけにいい客を摑み、金を使わせぬ限り、飯にはありつけなかったのである。

黙っていても客のつくおたかはいいほうで、朝まで何も口にできぬ女もいた。客がついても金に余裕がないか、気の利かぬ男だと、女たちは笑いながら生唾を呑むよりほかない。

だから、おたかははじめの客にしっかりと飯をねだった。それでも自分を買いたいという客が好きだった。

幸い、そういう客は大勢いて、いいところでは商家の若旦那や武家の放蕩息子、金回りのいい博徒や腕のある職人もいた。住まいが分かればひとりひとりに礼を言って回りたいところだが、驚かすだけで礼にはならぬだろう。道でばったり出会うことがあっても、向こうから声をかけてこない限りは知らぬ顔をするほうがいい。案外、向こうだってはっきりと顔は覚えちゃいないかも知れない、とおたかは思った。

中橋を渡って間もなく、やや広い路地を右へ折れると、道はしだいに上り坂になって慈雲寺という寺へ向かう。

町家は路地の入口近くに十軒ほどあるだけで、そのさきは雑木林になっている。ときおり木立の向こうに見え隠れする海老川を眺めながら、おたかは寺の門前にあるという茶店へ向かった。当座はそこの離れに住んで、そこで働くことになっていた。

おふじには客が世話してくれたと言ったが、話をつけてくれたのは孝助だった。それもおたかが頼んだのではなく、一月ほど前に孝助のほうからこっそりと言ってきた。

「年寄り夫婦が細々とやってる茶店なんだが、一年ほど前から爺さんのほうが寝たきりになって困っている、たいした金にはならねえだろうが、来てくれるなら離れをただで貸してくれるそうだ」

「ほんとうに？」

「ああ、ここでのことも言ってあるから、何も気にすることはねえ」

「でも、どうして？」

半信半疑のおたかへ、

「堅気になりてえんだろう」

と孝助は言った。

おたかには、そのとき無口な孝助がおふじに見つからぬうちに話してしまおうと躍起になっていることも、どうしてそこまでしてくれるのかも不思議でならなかったが、孝助が自分の考えを察してくれていることは何となく分かった。

「ま、寝るところと働き口がありゃ何とかなる、さきのことはひとまず落ち着いてから考えることだ」

「ありがとう、番頭さん」

実際、その話がなかったら、おたかはいまごろあてもなく今夜の落ち着き先を探してさまよい歩いているはずだった。仮に目と鼻の先に働き口が転がっていたとしても、運よく見つかるかどうか。そのことを思うと孝助がしてくれたことは本当にありがたかった。

おふじがいたので礼も言えずに出てきたが、孝助はいつか顔を見せてくれるだろうか。お金を貯めていずれは蕎麦でも売って暮らしたいと言ったら、そりゃいい、そのときはおれが一番の客になるからと言っていたが、本気にしただろうかと、おたかはいつしか一月前のことを振り返りながら歩いた。

茶店は孝助が言っていた通り、山門のすぐ手前にあって、枝振りのいい松の向こうに粗末な佇《たたず》まいが見えたが、正面に回ると思っていたよりも間口の広い店だった。

店はその一軒きりで、茶や田楽《でんがく》を出すほかに香華《こうげ》も売っているらしい。おたかが着いたときには、店先の縁台で墓参の帰りらしい侍の夫婦連れが並んで茶を飲んでいた。

「ごめんくださいまし」

おたかは何となく客へ辞儀をして、奥へ引っ込んでしまった老婆を呼んだ。

「たかと言います、今日からここで働かせていただくことになっているはずですが……」

ややあって現われた老婆へ、そう言うと、

「ああ、あんたが……」

老婆はおたかを見上げて、なるほど別嬪《べっぴん》さんだねと言った。色黒の皺顔も笑うと愛嬌があって、おたかは久し振りに普通の人を見たような気がした。

「荷物はそれだけかい」

「はい」

「じゃ、そこでちょっと待っておくれ」

再び老婆が奥へ去って間もなく、客の侍が勘定はここへ置くぞと言って立ち上がったので、おたかは咄嗟《とっさ》にありがとうございますと言った。そのひとことで生まれ変わったような気がした。まるで胸いっぱいに体中の血が流れ込んでくるように、熱い思いが込み上げてきて、おたかは確かめるようにあたりを見回した。

けばけばしい紅楼《こうろう》も木戸もない。あるのは杜と寺、道と茶店で、優しい風が梢を揺らしている。そしてそこにいる自分は、もう海老屋のおたかではなく、ただのおたかだった。

「待たせたね、この歳になると病人の世話が厄介でね」

しばらくして戻ってきた老婆は、まっすぐ客のいた縁台へゆき、無造作に勘定の銭を摑むと、おたかを茶店の裏にあるという離れへ案内した。離れというよりはどう見ても小屋だったが、中へ入ってみると板の間の奥には真新しい畳が三帖敷かれてい、土間には荒物も揃っていた。

「あたしじゃないよ、海老屋の番頭さんがやってったんだ」

「孝助さんが？」

「うん、たしかそんな名だったね」

老婆はそれで思い出したように、自分はお粂《くめ》だと名乗り、おたかへいつから働けるかと訊いた。おたかがいまからでもと言うと、お粂ばあさんはにっと笑い、じゃ、そうしておくれと言った。

「さっきの調子でね」

「はい、よろしくお願いします」

おたかは明るい声で言った。お条について歩きながら、不意に胸が震えたような気がして、思わず片手で襟元を押えた。震わせたのは孝助だった。おふじの弟であること以上に寡黙で近寄りがたいところがあったが、決して娼妓を傷付けなかった孝助の優しさに、どうしていままで気が付かなかったのだろう。

三

翌日の昼過ぎになって、おふじが旦那のところへ使いに行ってくれと言うので、孝助は二百両とまとまったものを持って住吉町の外れにある吉亀という小料理屋へ向かった。旦那というのは土地の油問屋の隠居で長右衛門《ちょうえもん》といい、世間には好々爺《こうこうや》を装い、その裏でおふじに海老屋をやらせている男である。十三年も前に妾だった先代の女将が病死して、おふじに跡を継がせてからは店へ来ることはほとんどない。月に一度、帳面と金を合わせるほかは、こうしてときおり孝助に金を持って来させる。その金で若い素人女でも囲っているのだろう。

（善人面をして……）

汚れた金は他人に作らせる商人で、孝助は幾度会っても気に入らなかった。が、そのむかしおふじに呼び寄せられた孝助に帳面の付け方を教えたのも長右衛門だった。

おふじとどういう間柄なのかは知らぬが、おふじのほうはいまでも会えば旦那、旦那と言ってしなだれかかる。そういう軽薄なおふじも、おふじにしなだれかかられて凛《りん》としている長右衛門も、孝助は厭でたまらなかった。その気がないのなら人前ではくっつかなければいい。

吉亀も長右衛門がむかしの女に手切れ金がわりに持たせてやった店で、長右衛門はいまでも奥の座敷を自由に使っている。隠宅へは決して人を近付けず、孝助が呼ばれるときは吉亀か、さもなくば別の料理屋である。

孝助が着いたとき、長右衛門は座敷で昼餉がわりに白身の刺身を食べていた。供の男は台所にでもいるのだろう。

「遅くなりまして、お言い付けの金子《きんす》でございます」

孝助が金の入った菓子折を差し出すと、長右衛門はそれには見向きもせずに、店のほうは変わりないかと言った。いつもなら変わりありませんと答えるのだが、孝助はおたかが年季が明けて去ったことを伝えた。いずれ知れることだし、あとになってなぜ言わなかったと文句を言われたくもない。

「それで、代わりはいつ来るんだね」

「女衒しだいでございます」

すると長右衛門はぴたりと箸を止め、口元に薄笑いを浮かべて孝助を見た。

「おふじに伝えておくれ、たとえいっときでもいい品物を切らすようでは店の信用も主人の才覚も疑われる、隠居に気を揉ませるようになったら商いは仕舞いだとね」

「はい……」

「それだけだ」

ぴしゃりと障子でも閉めるように言って、長右衛門はまた刺身をつつきはじめた。

孝助は辞儀をして座敷を出た。いつものことで長右衛門は孝助に雑談は許さない。おふじがいくらじゃれついてきても黙って聞いているのに、孝助には端《はな》からそうだった。お蔭で算勘《さんかん》は見る見る上達したが、自ずと無口にもなった。そう仕込まれたのである。

障子を閉めたあとで、孝助はおたかのことを言ったのはまずかっただろうかと思った。

(上がりが落ち込んだら……)

ねえさんやおれを海老屋から追い出すつもりかも知れない。それとも釘を刺しただけだろうか。おたかひとりがいなくなっただけで海老屋が潰れるわけではないし、長右衛門にしたところで、おふじほど使いやすい女はいないだろう。

(どっちにしろ……)

いい歳をしていったいいくら儲ければ気がすむのだと孝助は腹が立ってきた。そのお先棒を担いでいる自分はもっと厭だった。

飯は食いたいときに食えるようになったが、心《しん》から下衆《げす》な人間になったと思う。二百両を弁当か何かのように平気で持ち歩き、昼間から刺身を食っている男を見ても涎《よだれ》も出ない。毒々しい色の檻の中で女の体臭を嗅ぎながら、平然と算盤《そろばん》を弾ける。それもこれも長右衛門のお蔭だったが、いまではありがたみも薄れてきた。

死んでも二度と百姓には戻りたくないが、このままずるずると流されてゆくのも孝助には耐えられそうになかった。かといって、おたかのようにあてもなく出てゆく勇気もない。それが下衆の本性かも知れない。

吉亀を出て海老川町へ向かったものの、孝助はまっすぐ店へ戻る気になれず、どこへ行こうかと考えた。長右衛門の脂臭い匂いをどこかで落としたい気分だった。

日暮れにはまだかなりの間があるというのに、町は暮色に包まれているようだった。それでも通りのそこかしこから、まっとうな暮らしの音や匂いのようなものが漂ってくる。

（おたかの様子を見に行ってみようか……）

薄曇りの町を歩きながら、孝助は思ったが、昨日の今日ではまだ落ち着かぬだろうとも思った。

結局、行き当たりばったりに飯屋へ入り、酔わぬほどに酒を飲み、半刻後には帰りたくもない茶屋町へ帰っていった。

「どこへ行ってたんだよう、ひったくられたんじゃないかと心配してたんだから」

店へ戻るなり泣きっ面で飛び出してきたおふじへ、孝助はちょっと来てくれと言った。帳場へ行くと、おふじも酒を飲んでいたらしく、長火鉢の脇に銚子が転がっていた。

「旦那に言われたんだが……」

「どうって？」

長右衛門の言伝《ことづて》を伝えると、おふじは顔を凍らせて、孝ちゃん、どうしようと言った。

「旦那に見捨てられたら、あたしらおしまいじゃないか」

「そりゃそうだが、あわてることはねえよ、旦那だってねえさんがいなけりゃ困るんだから」

「そうだよね、そうだよね」

とおふじは自分に言い聞かせるように言って、孝助へ笑いかけた。こういうときのおふじは、急に無力な百姓の娘に戻って途方に暮れる。女衒相手に啖呵を切れる女が、物に怯えたような眼をして、ない知恵を絞るのである。けれども、それはおふじにとって最も苦手なことであり長続きはしなかった。

「おたか、戻って来ないかねえ」

じきに、おふじはぽつりと呟いた。頼りの女衒は一度旅に出たらどこにいるのか分からないし、予め頼んでいなければいつどんな娘を連れて戻ってくるのかも分からない。皮肉なことに、おふじがいま一番頼りにできるのはおたかだった。

「戻らねえよ、あの女は……」

と孝助は言った。六年も見ていれば、親しい口は利かずともどんな女かは分かる。おたかは孝助がはじめて目をつけた足の洗える女だった。しっかりとした意志もあるし、あとは僅かな運さえあればいい。さんざっぱら働かせてきたのだから、ほんの少し手を貸しても罰《ばち》はあたらぬだろうと思い、茶店を世話したが、本当は誰でもいいから堂々と海老屋を出てゆく女を、その眼で見たかったのかも知れない。

「おたかが欲しいのは金じゃねえんだ」

「そんなことがあるものかね、金のために好きでもない男に身を売ってきたんじゃないか、ねえ、孝ちゃんから話してみてくれない、あたしが言うと何だからさ」

「昨日の今日だぜ」

「もう厭んなってるかも知れないじゃないか、ねえ、頼むからさあ」

「……」

「一年でもいいから、何なら稼ぎの半分くれてやってもいいからさ、何とか引っ張ってきておくれよ、どっかへ消えちまう前にさあ」

「ま、そのうち行くには行ってみるが、当てにしねえほうがいい」

それより余所《よそ》からいい妓《こ》を引き抜いてみたらどうかと孝助はすすめたが、おふじは蚊でも追い払うような仕草で言った。

「おたかみたいな妓がいるもんかね」

四

それで慈雲寺へ行ってみるつもりになったわけではないが、翌日おふじの金勘定が終わると、孝助はちょっと出かけてくると言って海老屋を出た。空は前日よりもいくらか晴れてはいるが、明け方から吹きはじめた生温い風が、茶屋町を出ると海老川の流れに乗って顔に吹きつけてきた。

中橋を渡り、孝助はまっすぐ慈雲寺へ向かう路地へ入った。石屋の前で四、五人の子供が遊んでいる横を擦り抜けると、そのさきは参道とも思えぬほど静まり返っていた。これであの茶店は儲かるのだろうか、人気《ひとけ》のない道を歩くうちにふと思ったが、上がりが知れていても女の体で稼ぐような商いよりは遥かにましだとも思った。そう思うと、なおさらおたかには堅気を貫き通してもらいたい気持ちが押してきた。

（おたかにできれば、おれにもできる……）

そういう最後の賭けをしているようなところが孝助にはあったし、一度きりの勝負なら是が非でも勝ちたかった。

むろん海老屋へ戻れとすすめにゆくのではない。おふじにはああ言ったが、孝助は腹の中ではまるで逆のことを考えていた。もしもおたかが迷っているようなら、殴り付けてでも諭すつもりで出てきたのである。ひょっとすると、おふじが我慢できなくなるよりさきに、商売敵に声をかけられるかも知れないという不安もあった。おたかを抱え込むだけで、これまでおたかについていた客はどっとその店へ流れるだろう。

だが、意地でもそんなことはさせるものかと孝助は思っていた。客がどこへ流れようと知ったことではないが、孝助にとり、おたかは自分の行く末をも切り開いてくれる先立ち同然である。そんな女は万人にひとりいるかいないかで、おたかを逃《のが》したらもう二度と現われぬだろう。

勇気がないなりに孝助は腹をくっていたから、おふじを裏切ることも平気だった。だから、出掛けに孝ちゃん頼むねと言われても平然としていられた。しかしそれだけに茶店の前まで来ておたかの姿が見えなかったときには、我にもなくうろたえた。

眼に入ったのはお粂ひとりである。

「ばあさん、おたかはどうした」

あわてて声をかけると、

「ああ、海老屋の……」

振り返ったお粂は歩み寄って、たしか孝助さんだったねと言った。

「おたかがいねえようだが、何かあったのか」

「いいや、お寺さんへ香《こう》の木をもらいにいったところだ」

「寺へ……何でえ、そうだったのか」

途端に気が抜けて縁台に腰を下ろした孝助に、しかしお粂ばあさんは気になることを言った。

「ただね、昨夜《ゆうべ》から男が来てるんだ、兄《あに》さんだって言ってたけど……」

「兄さん？　おたかのか？」

「兄さんなら、そうだろう」

「まだいるのか」

「帰ったとは言わなかったし、帰る金もなさそうだった、ありゃあきっと……」

お粂が言い終える前に、

「来やがったか」

孝助は口の中で呟いた。それから思い出したように茶をくれと言ったが、お粂がのんびりと淹《い》れているのが待てずにさっと腰を上げた。

男がおたかの実兄であることも、金を借りにきたことも見当が付いたが、どうしてこが分かったのだろうかと思った。ほかにも、おたかが戻る前に兄さんとやらに確かめておきたいことがあった。

裏の離れへ行き、力任せに表戸を開けると、果たして汚れ切った男が板の間に所在なげに寝転んでいた。

「おたかの兄さんてのはあんたかい」

言いながら土間へ入ると、男はさっと身を起こしてうなずいた。おたかには似ても似つかぬ醜男で、歳も離れているようだった。

「おれは海老屋の番頭で……」

孝助は名乗りながら近付いた。男は孝助よりも立派な体をしていたが、まるで化け物にでも出会ったようにおどおどとした。世の中に自分ほど無知で非力なものはいないとでも思っているのだろう。孝助はむかしの自分を見ているような気がして、突き放した言い方をした。

「昨夜からいるんだってな」

「へえ」

「わざわざ越後から出て来たのか」

「そうです」

「よくここが分かったな」

「へえ、昨夜、海老屋さんの女中さんに聞きました、裏口からお邪魔したんです」

「それで？」

と言って、孝助は上がり框《がまち》に腰掛けた。

「いくらいるんだ、まさか、おたかを迎えに来たわけじゃあるめえ」

男は孝助がおたかを買い戻しに来たと思ったのか、ようやく孝助の眼を見て、どうしても三十両は欲しいと言った。不作続きのところへ去年は大雨で稲がやられ、年貢も暮らしも借金で乗り切ってきたが、もうどうにもならぬところまできているという。

「それで、おたかは承知したのか」

「それが二、三日、待ってくれと……」

「あたりめえだ」

と孝助は言った。

「やっと足を洗ったばかりだからな、おめえ、おたかがどんな思いで国へ帰らねえのか、分かってるんだろうな」

「へえ」

「三十両借りるのに、何年辛抱しなきゃならねえか、それも分かってるんだろうな」

百姓が一度つまずくとどうにもならぬことも、男が食うや食わずで旅してきたことも分かっていながら、孝助は言わずにはいられなかった。

孝助の家にしろ似たような事情でおふじが売られたのだし、いちいち聞かずともおよその察しはつく。けれども、女に二度の勤めを平気で頼みにくる親兄弟の無神経さには我慢がならない。ほかに手だてがないのなら、いっそのこと離散すればいいのであって、おたかひとりがいくら踏ん張ってみたところで、いずれ一家はそうなるに違いないのだ。

やりきれぬ思いを男へぶつけるように、孝助は乱暴な口調で言った。

「金がいるときだけの妹か」

「……」

「それじゃ女衒と同じじゃねえか、おたかはな、ひとりでも生きていける女だ、おたかにできて何でおめえらにできねえんだ」

しかし言えば言うほど虚しくなるばかりだった。男は孝助の目当てが分からなくなったらしく、身を縮めて押し黙ってい、それも気に入らなかった。あるいは孝助が巧妙な駆け引きをはじめたと思い込み、騙されまいとしているのかも知れない。いずれにしても金がなければ国へ帰れぬ男へ何を言っても無駄なことは、孝助にも端から分かっていたことだった。

「明日、二十両くれてやるから、あとはてめえで何とかしろ」

やがて孝助は吐き捨てるように言って立ち上がった。工面できるのはそれが限度だったが、なぜか少しも惜しいとは思わなかった。

「おたかには言うんじゃねえぞ、海老屋へも二度と来るな」

孝助はそれだけきつく念を押して離れを出た。茶店へ戻ると、お粂ばあさんがひとりで客に茶を出しているところだった。おたかはまだ寺から戻らぬらしく、孝助はお粂へ、また来ると言って足速に立ち去った。

（まだ三日目だってのに……）

おたかひとりを放っておけぬ世の中に腹を立てながら、しかし、こんなことに負けるものかと思っていた。あの兄さんさえ追い返せば、取り敢えずはおたかが茶屋へ戻る必要はなくなる。おふじはどうにでも誤魔化せるし、あとは同業の誘いから守ってやればいい。

（とにかく金だ）

と孝助は思った。手持ちの金を掻き集めても、まだ二両ほど足りぬ勘定だった。その二両をこれから工面しなければならない。持物で売れるものは数少ないが、どうにかなるだろうという気はしている。

いつの間にか晴れ渡った空から降りそそぐ陽も、それを遮る風も強くなっていた。ぽつぽつと人の往来がはじまった道を小走りに走りながら、孝助はときおり無意識にうしろを振り返った。昨日は平気で二百両も持ち歩いていたというのに、いまは懐の小金が案じられることも、なぜそうまでしておたかに尽くすのかも、本当のところは自分でもよく分からなかった。

五

店へ戻ると、いい按配におふじは酒を飲んで寝転んでいた。おふじなりに疲れも不安もあるのだろうが、その無様な姿を見ると孝助は同情よりも嫌悪を感じる。女将とは名ばかりで、堕《お》ちるところまで堕ちた女にしかできない醜態と言ってよかった。もっとも娼妓らにとってはおふじが寝ている間が何よりの楽しみで、歓談もすれば大声で泣きもする。

孝助はまっすぐ奥の自分の部屋へ行き、めぼしい金目の物を風呂敷に包んだ。海老川の向こうには嫖客《ひょうかく》のために二束三文だが何でも引き取る古物屋があって、使いをやれば店にも出向いてくれる。孝助自身は世話になったことはないが、主人とは顔見知りだから多少の色は付けてくれるだろう。おふじが目を覚まさぬうちに、孝助はもう一度出かけて金の工面をつけてしまうつもりだった。

ところが、風呂敷包みを持って立ち上がろうとしたとき、

「ごめんくださいまし」

と玄関のほうから聞き覚えのある女の声がして、孝助ははっとした。あわてて部屋を出てゆく間にも、応対に出た娼妓が女と懐かしそうに言葉を交す声が聞こえてきた。お

ふじが起きはしまいかと案じながら玄関へ急いでいると、果たして一足先に帳場から出てきたおふじが女へ話しかけた。

「ねえさん！」

孝助は思わず声を上げた。おふじが振り返るのと、土間にいる女の顔が見えたのがほとんど同時だった。

「何だい、大声だして」

「……」

「あら、番頭さん、お久し振りです」

そう言ったのは、海老屋へ小間物を売りにくるおしげという女だった。若くて愛想がいいので、おふじが店で働かないかと来る度に誘っている。その声がおたかにそっくりなことに、孝助はたったいま気付いたところだった。

孝助はおしげへ軽く辞儀をしてから、

「そこまで出かけてくる、何か用事があればついでだから……」

とおふじへ言った。

「別にないけど、おまえ、帰ってきたばかりじゃないのかい」

「息抜きだよ、花も見ごろだしな」

「だったら、あたしも行こうかねえ」

「よしてくれ、姉弟で花見したっておもしろくも何ともねえ」

「そりゃ、そうだわ」

おふじは大口を開けて笑いながら、おしげを自分の部屋へ連れていった。

孝助は掌で冷や汗を拭った。明日までおたかが店へ来ないという保証はなかった。二十両のことも知らぬから、いまも身売りのことばかり考えているに違いない。となると、おたかが店へ来てからでは金は渡せぬし、おたかも受け取らぬだろう。となると、おたかへ金のことを言わずにきたのは却ってまずかったのではないか、そう思うと居ても立ってもいられなくなり、手元にあるだけの金を持って裏口から店を出た。

おたかはもう茶店へ戻っているだろう。こうしている間にも身支度をしているのではないかと不安が募り、孝助は路地へ折れるや一目散に駆け出した。

(来ちゃならねえ、戻ったらしめえだぞ)

心の中でそう叫びながら走り続けた。そこまで胸が波立つのは久し振りだった。それも他人のために有り金を携え、色茶屋の番頭という立場も顧みずに走っている。おふじはともかく、長右衛門に知られたらどういう目に遭うのかも脳裡の片隅に浮かんでいたが、いまはまっしぐらにおたかのもとへ向かうしかないと思った。

むかし女衒に連れられてゆくおふじを泣きながら追いかけたときも同じような気持ちだった。あのとき追いついていたなら、あるいはおふじも自分もこんなことにはならなかったかも知れない。孝助は懐の巾着《きんちゃく》が落ちはしまいかと案じながら、足にまつわり付いてくる着物の裾を必死の思いでたぐり上げた。

六

一晩吹き荒れた嵐が暁闇《ぎょうあん》になって去り、静かに晴れ渡った日だった。こういう日には娼妓らものんびりと外を歩いてみたくなるらしく、茶屋町の中にある湯屋へこぞって出かけてしまうと、海老屋は火の消えたように閑散とした。

前夜、深酒をしたにもかかわらず、明け方になってようやく眠りに落ちた孝助が、いくらか日も高くなって起き出し、帳場へゆくと、女衒の錦蔵が来ていた。

錦蔵はひとりで煙草を吹かしてい、孝助を見ると、お邪魔していますと言ってから次の間へ視線を投げた。おふじがまた娘の体を調べているらしく、いきなり容赦のない罵倒とすすり泣きが聞こえてきた。

「おたかが二度の勤めに出るそうで……」

「ああ、そうらしいな」

「やっぱり一度染まっちまいますとねえ」

孝助は錦蔵が気を利かして淹れた茶を受け取ると、帳場には座らずに奥の明かり障子を開けた。前夜の嵐で裏庭の花は跡形もなく散ってしまい、白い花弁が雪のように地面を被っている。

覚めやらぬ眼で眺めていると、

「ゆすらうめも終わりですか……」

錦蔵の呟きが聞こえた。

「何だって？」

「ゆすらうめですよ、何でも、ちょいとした風にも揺れるんで、そう言うらしいですよ」

「……」

孝助は熱い茶をすすった。前日、慈雲寺門前の茶店へ駆けつけたとき、おたかは店先で土ぼこりの立つ道に水を打っていた。駆け寄った孝助に気付くと、深々と辞儀をして微笑みかけてきた。その表情も身のこなしもまるで別人のようにさっぱりとしていて、思わずじっと見つめたほどである。紅も差さず、風で髪も乱れていたが、孝助ははじめておたかの本当の顔を見たような気がした。

（この女となら一緒にやってゆける）

孝助は突然そう思った。

お粂ばあさんに声をかけて、おたかを茶店の脇へ連れ出し、そこで持ってきた金を渡そうとした。ところが、おたかは首を振り頑として受け取らなかった。

「孝助さんの気持ちは嬉しいけど、どうしても三十両ないと駄目なんです」

「……」

「だからあたしがお店へ戻るしか……ほんとうを言うと、今夜にでもお店に伺おうかと思っていたんです」

「せっかく足を洗ったんじゃねえか、いま戻ったら二度と抜け出せねえぞ」

「ええ、分かっています」

おたかは目を伏せて吐息をついた。そうやっていつまでも親兄弟に縛られ続けるのかと思うと、孝助は自分のことのように腹が立った。それでなくとも孝助の周りには、親に世話になったよりも親を世話してきた女たちが溢れている。なのに世間の眼は無知で淫縦《いんじゅう》なものとしか見ない。おたかにしても、親などいないほうがどれだけ救われるか知れなかった。

だったらおれが兄さんと話をつけてやる、と孝助は言ったが、おたかはそれもやめてくださいと言った。

「兄さんだってどうにもならないんです」

「じゃあ、どうすりゃいいんだ」

「……」

「何年勤めたって切りがねえじゃねえか」

「そうかも知れません、でも親は親です、こうして三日だけでもまともな暮らしができて幸せでした」

「………」

「いろいろ心配してくれてありがとう、でも明日お店へ行きます」

おたかはそう言うと、孝助を見上げて静かに笑った。

（ふたりでやり直そう、一緒に逃げてくれ）

孝助は卒然と胸にこみ上げてきた思いを打ち明けようとしたが、その瞬間、おたかは何もかも見越したように激しく首を振った。そして孝助の熱い視線をかわすように、そのとき寺から出てきた男へ眼をやり、いらっしゃいましと言った。

「どうしても見捨てられないの、ごめんなさい、孝助さん」

おたかは言って、もう一度、孝助を見つめた。唇を震わせ、いまにも涙が溢れそうになると、くるりと背を向けて小走りに店へ戻っていった。意外なほど弾む足取りだった。せめて今日一日は何もかも忘れて生きてみたい、そう言っているかのように、それからのおたかはあたり一面に明るさを振りまいていた。笑顔で客に接し、お条と言葉を交しながら片付けをしたりと、孝助はもうそこにはいないかのように振舞った。

孝助はなす術《すべ》もなく立っていたが、やがて引きずるように重い足を動かした。どこへ行けばいいのかも分からぬまま、おたかの明るさに堪《たま》りかねて駆け出した。結局おたかにしてやれたのは、おたかの前から消えてやることだけだったのである。

「十年、四十両だね」

不意に襖が開いて、孝助は背中でおふじの冷淡な声を聞いた。

「孝ちゃん、お金出しておやり」

「ああ」

孝助は帳場に座り、言われた額を揃えて錦蔵の前へ差し出した。錦蔵もそれ以上は期待していなかったらしく、どうも、とひとこと言って受け取った。見ると、娘は十八、九であまり器量がよくなかった。それにしても十年四十両は安値で、それだけこの娘は腐るのも早いに違いないと孝助は思った。いずれにしろ十年で足は洗えぬだろう。娘にかけてやる言葉も思い付かず、孝助は部屋を出る言いわけを考えた。そろそろおたかも来るころで、どうせなら気分を入れ替えて明るく迎えてやりたかった。

「おれは飯でも食ってくる」

錦蔵が娘の親元から取ってきた身売証文を入れるのを待って、孝助は台所へ立とうとした。そのとき入口の暖簾《のれん》の陰に女が立っているのに気付いた。

「おかあさん、お湯いただいてきました」

片手でひょいと暖簾を上げて明るい声で言ったのは、おたかだった。湯上がりの素顔はともかく、下紐をだらりと前結びにしただけのあられもない姿に孝助は驚いたが、おたかはすでにおふじと年季の交渉を済ませていたらしかった。

「番頭さん、またお世話になります」

珍しく科《しな》を作り、秋波《しゅうは》をよこしたおたかへ、

「まあ、しっかりやってくれ」

と孝助は言った。

「どうやら話は済んだらしいな」

「ええ、さっきおかあさんと……ねえ、おかあさん」

おたかはどこから出るのかと思うような甘ったるい声でおふじにまで媚《こび》を売った。それだけでも昨日までのおたかではなかった。これからは嘘でも明るく振舞わなければやってゆけない。そういうところまで堕ちてきた女の薄塗りの明るさを、おたかはすでに身に纏《まと》っていた。

おたかには悪いが、孝助は一目見てもう二度と這い上がることはできぬだろうと思った。おたかが明るく振舞えば振舞うほど、絶望が透けて見えるようだった。

「おたか、しばらくこの娘《こ》の面倒をみておやり」

おふじが言うと、おたかは、はいと言って娘を手招きした。その仕草があまりにも快活だったので、娘はほっとしたのか、おたかのもとへ逃げるように立っていった。

「心配しなくてもいいのよ、すぐに馴れるから……」

おたかは娘へ囁いてから、錦蔵へも愛想のいい顔を向けた。

「おじさん、いったいいつまでこの商い続けるつもり？」

「そりゃあ死ぬまでさ、これでも人助けのつもりだからな」

「人助けねえ、じゃあ、人助けのついでに今晩あたしを買ってくれない、売るばっかりじゃつまらないでしょう？」

呆気にとられた錦蔵へ、

「あら、冗談よ」

おたかはけらけらと笑うと、

「番頭さんならいいけど……」

不意に真顔になって孝助を見た。昨日、茶店で会ったときとはまるで違う凄艶《せいえん》な目付きだった。見たくもないものをむりやり見せられたような気がして孝助が黙っていると、おたかはぷっと吹き出し、大声で笑いながら娘の肩を抱いて二階へ去っていった。それでも立ち去る前に、ほんの一瞬だが、おたかが思いの限りを込めた眼をしたのを孝助は見たような気がした。

「まったく変わっちまったよう、ありゃあ根っからこの商売に向いてたのかねえ」

「ま、あの分じゃ、三年じゃ済まねえでしょうよ、それだけ海老屋さんも儲かるわけだ」

「それにしても何だか楽しそうじゃないか」

おふじと錦蔵の遣り取りを擦り抜けて、孝助は部屋を出た。とうに飯を食う気はなくなっていたが、二人の話に付き合いたくもなかった。

薄暗くひっそりとした廊下を住み馴れた居室へ向かいながら、孝助は困苦の深淵に落ちてゆくおたかを思った。化粧の下に絶望を隠し、気怠《けだる》い微笑の陰で身の不幸を嘲笑《あざわら》う姿だった。

むろん、その眼で成れの果てまで見届ける気にはなれなかった。おたかにしろ、できることなら見られたくはないだろう。案外あれが精一杯の虚勢ではなかったろうか。だが、それもうたくさんだと思った。いればいるだけ堕ちてゆくしかない女たちを見るのは心底たくさんだった。

(こんなところにいたら……)

自分も堕ちるだけだと思いながら、孝助はふと、散り尽くしたゆすらうめを思い浮かべた。根づく場所さえ違えば見違えるほど生き生きとするだろうに、ここではひとりで散ってゆくしかない。そうと知っていながら、おたかも戻ってくるしかなかったのだろう。

一抹の不安を押し退けるかのように、立ち止まり大きく息をついたとき、うしろからおふじと錦蔵の高笑いが聞こえてきた。淫蕩な場にふさわしい軽薄な笑い声だった。

孝助は振り向きもせずに、ただ眼を光らせていたが、不意に何かに背中を押されたような気がして歩き出した。

（それでいいのよ、孝助さん）
五、六歩して、背中を押してくれたのがおたかであったような気がしたが、そうであればなおさらのこと、もうそこには自分を引き止めるものは何もないように思われた。

白い月

一

永代橋の袂まできて、いったん立ち止まると、おとよは着ているものの裾を大胆にからげた。濡れた蹴出《けだ》しや湯文字《ゆもじ》が足にまつわり付いて、そのままでは橋の途中で転ぶだろうと、橋が見えたときから思っていた。

息を継ぐ間もなく駆け出すと、剝《む》き出しになった白い足に横殴りの雨が痛いくらいだった。十間も走ったところで、やはりこちらへ向かって駆けてくる男と擦れ違ったが、人を見たのはそれだけで、黒い空と激しい雨で遠い人影までは見えなかった。あるいはもう川向こうでは橋止めになったのかも知れない。

(もうすぐよ、もうすぐだから……)

おとよは必死だった。走りながら、濡れて弛んだ下駄の鼻緒が切れはしまいかと案じもしたが、箝《す》げ替えている暇などないし、向こう岸の深川まではまだ百間もある。

橋の上に人がいないのは天地を劈《つんざ》くような雷鳴と稲光が頭上で暴れているからで、おとよにしても恐くないわけがないが、止むのを待っていたら、もっと恐ろしい目に遭うはずだった。家には亭主の友蔵《ともぞう》と匕首《あいくち》を持った男がおとよの帰りを待っている。空は時刻が分からぬほどに暗いし、雷鳴で刻の鐘も聞こえないとは思うが、もう約束の七ツ

（午後四時頃）は過ぎているだろう。

「七ツまでに帰《けえ》らねえと、亭主の指がなくなるぜ」

やくざ者らしい男はそう言っていた。

男が家に来たのは一刻ほど前である。まだ小降りだった雨の中を、京橋の南、山下御門に近い山城河岸《がし》の親方のところへ仕事に行っていたはずの友蔵が、ひょっこり帰ってきたかと思うと、うしろに立っていた。唇を腫らし、両手で腹を押えながらよろよろと入ってきた友蔵を、男は片手で突き飛ばし、いきなり初対面のおとよに言った。

「今日んところは二両で勘弁してやる、一刻だけ待ってやるから用意しな、言っとくが餓鬼の使いじゃねえぜ」

それは一目見ておとよにも分かった。男は友蔵がどう頑張ったところでびくともしないような体をしていたし、風通しのよさそうな身なりもそれらしかった。

「一刻じゃ無理です、せめて一日ください」

おとよが青ざめた顔で頼むのに、男は家の中を見回しながら酒はねえかと言った。あわてて酒と湯呑を出してやると、その手をぐいと摑んで舐めるようにおとよの顔を見た。

「いい女房じゃねえか」

餌食を前にした蛇のような眼で、おとよはぞっとしたが、ほとんど反射的に男へ微笑みかけていた。切羽詰まったときのおとよの癖で、顔は左半分が真顔で右半分だけが笑っている。自分でも意味のない笑みだとは思うが、追いつめられると、なぜかそういう顔になってしまう。そうすることで、少しでも相手が許してくれたらと思うからかも知れない。

ところが男は珍しいものでも見つけたように、人差指でおとよの右頰にできた靨《えくぼ》をついたりほじったりした。

「錺師《かざりし》じゃ、指がなきゃおしめえだな」

「……」

「七ツまでに帰らねえと……」

そう言うと、薄笑いを浮かべて懐の匕首を覗かせた。それがただの脅しでないことは使い込んで手垢のついた握りからも明らかだった。その間、友蔵は土間にへたりこんだままひとことも口を利かなかった。見ず知らずの男に胸倉を摑まれ、怯える女房の顔すら見ようともしなかったのである。

「分かったわ、二両でいいのね」

おとよは男の手を振り切って家を飛び出した。家にあるのは銭でせいぜい二、三百文だったから、二両丸ごと誰かに借りてくるしかなかったのである。なぜそんなことになったのか、友蔵にわけを聞いている暇はなかったし、聞かずとも見当は付いていた。

(今度はどこの賭場かしら……)

まっさきに大家のところへ行きかけて、おとよは道をかえた。店賃《たなちん》はどうにか納めているが、三月前に借りた一分をまだ返していない。一分すら返せない者に二両も貸してくれるはずがないと思った。友蔵の親方の七右衛門《しちえもん》には十両方の前借りがあり、とても顔を出せたものではない。友蔵もそのことは分かりすぎるほど分かっていて、仕方なく男を家まで連れてきたのだろう。むろん質屋へ入れるようなものはなく、かといって高利貸しに手を出したらいまでもぎりぎりの暮らしがたちまち破綻することも分かっていた。

結局おとよが思い付いたのは、御店《おたな》奉公をしている従弟《いとこ》の与吉《よきち》だった。ほかに親類と呼べる者は、おとよにも友蔵にももういなかった。あとで考えると、それまで与吉に金のことで面倒をかけなかったのは、いつかはこういう日がくるだろうと無意識に頼みの綱を撚《よ》っていたのかも知れない。

与吉は日本橋北の照降町《てりふりちょう》の数珠屋《じゅずや》・玉屋の奉公人で、二年前に年季が明けて、いまでは通いの給金取りである。年季奉公の間に二親が流行《はや》り病《やまい》で急逝し、その後も嫁をもらったとは聞かぬから、多少の融通は利くだろうと思った。もっとも双方の親が逝ってからは付き合いらしい付き合いもなかったので、貸してくれるかどうかは怪しかったが、おとよは拝み倒してでも借りるつもりだった。

ところが玉屋へ着いてみると、折悪しく与吉は外出していた。一足違いで上客のところへ誂《あつら》えの数珠を納めに出かけたそうで、帰りは早くとも半刻後になるという。

おとよは玉屋の軒先を借りて待ったが、半刻しても与吉は戻らなかった。家を出たときにはほんの小降りだった雨がにわかに激しくなると、玉屋の小僧が傘を貸してくれた。小僧は親切そのものだったが、傘は案外、店先に居座るおとよの見窄《みすぼ》らしい姿を隠すためではなかったろうか。そういうことにもおとよは馴れていたから、ようやく帰ってきた与吉の、こちらに気付いたらしい暗い顔色を見ても驚かなかった。それどころか駆け出して与吉の前に立ちはだかった。

「与吉さん、お願い、どうしてもいますぐ二両いるの」

だが与吉は黙っていた。いきなりそう言われても無理のないことで、おとよの差し迫った顔を見ても平然としていた。

「もう、わけを話している暇はないの、後生だから貸してちょうだい」

「……………」

「お願い、与吉さん」

それでも与吉は黙っていた。

「こんなところで、いきなり……」

ようやくそう言ったときには、面倒から逃れたい一心ではなかったろうか。おとよを見た眼は、何年振りかに訪ねてきた従姉《いとこ》どころか質《たち》の悪い集《たか》りでも見るような冷ややかなものだった。

「お金は必ず返します、でもどうしても駄目なら、あたし、御店の前で与吉さんの名前を叫んで死にますよ」

拝んでもすがりついてもうんと言わぬ与吉へ、おとよも最後にはそれらしいことを言って脅した。与吉のほかに金を借りられる当てはなかったし、残された時も僅かだった。

「本当に返してくれるんだろうね」

ともかくも与吉がそう言ってくれたときにはほっとしたが、与吉が店へも戻らず、その場で財布から小判を二枚、無造作に取り出したのには唖然とした。それほど自由になる金がありながら、いままで迷っていたのかと思った。もっともおとよはそれどころではなく、小判を帯の間に押し込み、与吉に傘を押し付けるや、礼もそこそこに駆け出した。形振《なりふ》りかまわず走るあとから雷が追いかけてきた。

永代橋を渡れば長屋のある半町《はんまち》までは大川端の浜通りを一走りだったが、雷は橋を渡る間にもおとよの上に落ちてきそうだった。肌に感じる恐怖と心の焦りに追われ、おとよはどうにか駆け抜けたものの、渡り切ったところで下駄の鼻緒が切れてつんのめり、橋詰の泥濘《ぬかるみ》に四つん這いになった。その姿を、広場で傘を寄せ合い雷が止むのを待っている人々が眺めていたが、おとよはそうした人々の視線も気にせず、というよりは風景のように見えていたから、あとはもう裸足《はだし》のまま人集《ひとだか》りの前を夢中で走り過ぎていった。

そうして浜通りを駆け抜け、半町の長屋に辿《たど》り着いたときには、髪も着物もまるで海から上がってきたようになっていた。

「おまえさん！」

そう叫びながら表戸を開けると、家の中は外よりも薄暗く、友蔵も男の姿も見えなかった。

「おまえさん……」

おとよは茫然とした。絶望が押し寄せてくるのを感じながら、あわてて行灯《あんどん》を灯し、青ざめた顔で家の中をくまなく見て回った。狭い座敷にも土間にも血を流した痕跡はなかったが、友蔵が生きているという証も見当たらなかった。

二

「あと一、二年の辛抱だ、御礼奉公が終われば一端《いっぱし》に仕事ももらえるし、親方に言って所帯を持とう、いいな」

友蔵に見つめられ、おとよは黙ってうなずいた。友蔵が半日の休みをもらえたので鉄砲洲の稲荷で待ち合わせ、杜の木陰から二人で大川を眺めていたときだった。とりわけ暑い夏で、夕暮れが近付いてからも大川の風は生温かった。

「でも、本当におっかさんと一緒でいいの」

とおとよは訊いた。友蔵の女房になることには何の不満もなかったが、病弱な母親をひとり残して嫁ぐわけにはいかず、友蔵がいくらいいと言っても、確かめずにいられなかったのである。ほかに友蔵と一緒になる方法もなかったが、病人を抱える苦労を本当に分かってくれただろうかと思った。

「また、そのことか、そんなにおれが信じられねえのか」

と友蔵は言った。おとよが会う度に訊くので、少し不機嫌な口調だった。

「そうじゃないけど……」

「だったら同じことを何度も訊かねえでくれ、おれは一度約束したことは必ず守る、いまだって神様の側《そば》で話してるじゃねえか」

「ごめんなさい、そんなつもりじゃなかったの、でももう分かったわ」

おとよはそのときを限りにもう訊くまいと思った。一抹の不安は拭い切れなかったが、母のことは承知のうえで夫婦になろうと言ってくれたのだし、実際、友蔵は誰よりも信頼できる男だった。

「今度はいつ会えるかな」

「そうね、秋のお彼岸か、お正月かしら」

「そんなにさきか」

「友蔵さんの年季が明けて通いになるまでは仕方がないわ」

「そうだな、それまでは勝手に外へも出られねえしな……」

友蔵がおとよの手を握り、おとよも握り返した。日が西に傾きかけて杜は薄暗くなっていたが、二人とも汗をかいていた。

「あたし、そろそろお店へ戻らないと……」

「もう行くのかい」

「だって……」

と言いかけたとき、おとよはいきなり口を塞がれた。友蔵に口を吸われたのである。長い口付けで息が苦しくなるほどだったが、離れてもすぐに抱き寄せられた。

「おっかさんのことは心配いらねえ、きっと大事にするから……」

友蔵の腕の中で喘ぎながら、おとよは何度もうなずいていた。友蔵の肩越しに月を見たのはそのときだった。まだ青い空に、白い月はまるで雲母《きらら》のように輝いていた。胸の高鳴りが治まらず、何か不思議なものを見ているような気がする一方で、おとよは幸せだと思った。

友蔵がかさりや七右衛門への御礼奉公を終えて独り立ちしたのは、それから二年後のことである。友蔵はすぐにおとよを嫁にし、おとよはそれまで勤めていた霊岸島の蕎麦屋を辞めて念願だった職人の女房になった。死んだ父親が煙管《きせる》職人だったから、一家の主が家にいてくれる暮らしに馴れていたし、それがおとよの思い描く所帯というものだった。

嫁ぐにあたり不安だった母親のことも、友蔵は約束通り養ってくれた。おとよは結婚後もしばらくは友蔵の気が変わりはしまいかと密かに案じていたが、友蔵は、棟続きで二間借りられた半町の裏店《うらだな》に親子三人で落ち着くと、体を壊すのではないかとおとよが心配するほど仕事に精を出した。しかも義母となったたねの容態《い》が少しでも悪くなると、医者を呼び、おれのことはいいからと言って一日中でもおとよに看病させた。幼いころに二親と死別した友蔵には、親というものに対して格別の思い入れがあったらしい。

友蔵は腕がよく、幸い仕事は次から次へと追いかけるようにきた。独り立ちするにあたり親方の七右衛門が二、三の得意先を分けてくれたうえ、友蔵が抜けて手薄になったかさりやの仕事も快く回してくれた。そのお蔭もあって、二年もすると病人を養うのに困るどころか、小金が貯まり、錺師としての名も通りはじめたのである。

ところが、ちょうどそのころからたねの病が悪化し、薬礼《やくれい》が嵩むようになった。たねは心の臓が弱く、友蔵は医者にすすめられるままに高価な薬を買い与えていたから、じきに貯えを吐き出し、いくら仕事をしても追いつかなくなったのである。だが、それでも友蔵は愚痴をこぼさなかった。

「おまえさん、こんなことを言うと何ですけど、おまえさんはもうおっかさんのために十分尽くしてくれました、おっかさんもあたしも心から感謝しています、ですからもう……」

あるとき、おとよが言ったが、

「馬鹿やろう、おれたちにとり、たったひとりの親じゃねえか」

友蔵はまるで耳を貸さなかった。それが約束だと言って、おとよがどう言葉を尽くしても頑として聞き入れなかった。あるいは、たねが実母でないからこそ、孝養を尽くしたかったのかも知れない。しかし現実に金は不足する一方で、やがてどうにもならなくなって手を出したのが博打だった。

それでもはじめのうちはうまい具合に金が入り、薬礼を賄うことができた。友蔵も不足分だけ手に入ればいいと割り切っていたから、通いつめるほどのめり込むこともなかったのである。欲がなかったのがよかったのか、好運はしばらく続き、ときには一月かかる仕事の代金を半刻で稼ぐこともあった。だが、その好運も結局は胴元が客に金を吐き出させるためにそそいだ誘い水であったらしい。

たねの容態がさらに悪化するにつれて、友蔵は付きにも見放され、博打をしていても焦るようになった。薬礼を稼ぐどころか、暮らしの金まで注ぎ込むようになり、挙げ句の果てには負けを取り戻すために賭場へ通うという繰り返しだった。きっかけはどうあれ、そのころからはじめた借金も、薬礼を賄うというよりは博打の元手を工面するためにはじめたと言っていい。そうして結局は浮世の習い通り、博打にのめり込んだのだった。その証に、賭場通いをはじめてからおよそ半年後にたねが死んでも友蔵は博打をやめなかった。仕事はするが、夜になるとそわそわとして賭場へ出かけてゆく。一時はそのことで毎晩のように言い争いもし、泣きすがりもしたおとよだが、思えばたねへの孝養からはじまったことでもあり、気が済むまでやらせてやろうと、いつしか半ば諦め、半ば黙認するようになっていた。負けるだけ負けて、困るだけ困れば目が覚めるだろうと思った。

「どんなことがあっても友蔵さんを見捨てちゃいけないよ、あの人は気持ちがまっすぐすぎるだけなんだから」

ひとつには母のたねが生前そう言っていたこともある。そう言われてみれば、仕事に夢中になるのも博打に夢中になるのも、友蔵にとっては同じことかも知れなかった。

食べてゆくだけなら刺子《さしこ》の内職で当座はどうにかなるし、それが駄目ならまた勤めに出ればいい。隣近所の女たちも、亭主の手慰みに泣かされたくらいのことは笑って話している。あたしにだって、いつかは笑って話せる日が来るに違いないとおとよは思った。

けれども、それからもう三年になる。望み通りだった暮らしは母の死を境に崩れていった。その間には今日のようなことが幾度かあって、おとよも恐ろしい目に遭ってきた。その度に知恵を絞り、どうにか切り抜けてきたものの、残ったのは借金と不信だけである。

(無事でいるのかしら……)

知らず識らず片笑《かたえ》みながら、およは流しで泥だらけの手を洗った。重い溜息と入れ替わりに、雷がどこかへ落ちたらしい音が地鳴りのように聞こえてきた。

三

今度こそ駄目かも知れない。夜半を過ぎて諦めかけたときになり、友蔵はしかし、ふらふらと帰ってきた。

雨上がりの路地を近付いてくる足音を、夜具の中で半信半疑の思いで聞いていると、やがて静かに戸が開いて、

「帰ったぜ」

という声がした。友蔵は後ろ手に戸を閉めると、土間の水瓶から水を汲んで飲んだ。指はあるらしかった。

有明行灯《ありあけ》が仄かに照らし出す姿を、およは身を起こして眺めていたが、ようやく思い出したように、お帰りなさいと言った。

「何とかうまくいったから、心配いらねえ」

友蔵は振り向いてそう言った。

「おめえのほうはどうだった」

汗臭い着物を脱ぎ捨てて夜具へ滑り込んでくるのへ、

「与吉さんに借りました」

とおとよは言った。

「帰ったらおまえさんがいないから、もう駄目かと思いましたけど」

「すまねえ、あれから一悶着《ひともんちゃく》あってな」

だがもう大丈夫だと言って、友蔵はおとよの脇で太息《ふといき》をついた。おとよは友蔵の胸に顔を埋《うず》めた。一気に込み上げてきた涙は情けなさからだったが、友蔵の体に触れると何もかも忘れて安堵に包まれてしまうようだった。

「お腹《なか》、大丈夫？」

「ああ、大丈夫だ」

「ご飯、食べたの」

「いや、でも空いてねえ」

「そう……」

いままでどこで何をしていたのか、友蔵はひどく疲れたようすで、ひとことも言わなかった。昼間きた男とどう話をつけたのか、どうやって金を工面したのか、訊いたところでどうしようもないことはおとよにも分かっていたが、友蔵がどんどん深い闇の底へ落ちてゆくようで空恐ろしかった。

「じゃあ、与吉さんへお金を返してもいいの」

とおとよは言った。

「ああ」

「本当にいいのね」

友蔵はそれには答えず、おとよが顔を上げるのと同時に目を開けて言った。

「おれはもう駄目かも知れねえ、だが、どうしても賭場へ足が向いちまうんだ」

「……」

「おめえのことも暮らしのことも、みんな分かってるんだ、それなのにどうしても抜けられねえ、勝ち負けじゃなく、賭場にいるだけで生き返るとでもいうのか、そんときは何もかも捨ててもいいって気になっちまうんだ」

「あたしのことも？」

「何にも分からなくなっちまう、見えるのは盆茣蓙《ぼんござ》だけで、今日も明日もねえ……何でこんなことになっちまったのか、自分で自分がどうしようもねえんだ」

友蔵はおとよの肩を抱くと、自分でも恐ろしいらしく身を震わせた。

（だったら行かなければいいのに……）

おとよは言いたかったが、それはもう何十遍と言ってきたことだった。いまはいいが、明日になればまた賭場へ出かけてゆくに違いない。そしてどんなに引きとめたとしても聞きはしないことも分かっている。それこそ指でも切らない限り、友蔵が博打をやめることはないのかも知れない。

おとよは、女房でありながら友蔵の気持ちを少しも左右できぬ無力感を厭というほど味わってきた。言い換えれば、それだけ自分が友蔵にとって値打ちのない女だということにもなる。少しでも女房の苦労や暮らしのことを考えてくれるなら、博打などやめてやめられぬはずがないと思う。女は男に養われ男を支えるだけのものではないけれど、そんな当たり前のこともできずに、いったい何のために一緒に暮らしているのだろうか。

（幸せになるため……）

はじめはこの人だってそう思っていたはずだと思いながら、おとよは友蔵の腕の中で疲れ果てた溜息を洩らした。

（心配ばかりかけて意気地のない人……）

けれども友蔵が側にいるだけで安らぎを覚えることも否定はできなかった。

寝苦しい夜が明けて朝餉をとると、友蔵は梅雨も明けたらしい好天の中を親方のところへ行くと言って出かけていった。いつもより早く家を出たのは、昨日、仕事を放り出してきたせいだろう。いま関っているかさりやの仕事は借金の返済のためではなく、むしろ親方の七右衛門が友蔵の腕を借りる形で請け負った大切な仕事である。職人としての友蔵は相変わらずよく働くし、親方の信頼を裏切ることもないらしかった。

（博打さえしなければ何もかもがうまくゆく暮らしが待っているというのに……）

友蔵を送り出したおとよは、気怠い諦めの中にいた。それでも友蔵が生きて帰ってきてくれたことが嬉しく、洗い物をする手はきびきびとして弾むようだった。

（あとで……）

与吉さんにお金を返しにいこう。昨日ひどいことを言ったことも謝らなければと、おとよは思っていた。切羽詰まってしたこととはいえ、いま思うと与吉の事情などまるで考えずにむしり取ってきたようなものだった。そういうことが平気でできるようになった自分も厭だったが、与吉にそれだけの女と思われるのはもっと厭な気がした。

おとよは昼前に家を出た。一息に夏が来たような青空がすがすがしい日だった。浜通りを永代橋まで来ると、昨日の雷雨が嘘のように橋は行き交う人々で賑わってい、眼下を流れる大川は力強い日の光を川面のそこここで照り返していた。

川向こうには江戸で最も繁華な町がある。眩しいほどの陽を浴びながら橋を渡るうちに、おとよはまるで買物にでも出たかのように気分が晴れてゆくのを感じた。

玉屋は雪駄屋と下駄屋が軒を並べる照降町の中ほどにあって、そこにぽつんと数珠屋があるのが意外なほど、通りの両側には履物と雨傘が並んでいる。玉屋の近くまで来て、おとよはすぐに与吉の姿を見つけた。下駄屋に比べるとかなり間口は広いが、開け放たれた店の揚縁《あげえん》に客が座ってい、与吉はその客の相手をしていた。

立ち止まって見ていると、与吉もすぐに気付いてちらりと視線を寄こしたが、次の瞬間にはそ知らぬ顔で笑顔を作り、客に数珠をすすめた。おとよは店から少し離れたところで与吉の商いが終わるのを待った。じきに客がうなずき、与吉は数珠と金を持って店の奥へ消えたが、しばらくして揚縁に戻って客を見送ると、今度はじろりときつい眼を向けてきた。

「昨日は無理を言ってすいませんでした」

ややあって店から出てきた与吉へ、おとよは深々と辞儀をした。

「どうにか都合がつきましたので、お金を返しに伺いました」

与吉はしかし、昨日と同じように黙っていた。ただ怒りを押し殺した眼でじっとおとよを見つめている。

「ごめんなさい」

おとよは借りた二両を差し出した。

「本当にごめんなさい」

すると与吉は唇を嚙み、いったん大きく吸い込んだ息を吐き出しながら言った。

「そのお金は差し上げます、そのかわり二度と店には来ないでください、はっきり言って縁はこれっきりにしたいんです」

「そんな……」

これでもお礼を言いに来たんですよ、そう言ったおとよへ、与吉はさらに冷めた口調で続けた。

「いくら親戚でもこんなふうに店に来られると困るんですよ、もともとそれほど深い付き合いがあったわけじゃなし、わたしにはわたしの暮らしがあるんです」

「それは分かっています」

「いいえ、分かってやしません、正直、わたしはもうひとりぼっちだと思っています、そのつもりで生きてきましたし、これからもそのつもりで生きてゆきます、あなたにもそのことだけはしっかりと覚えていてほしいんですよ」

「……」

「ご存じでしょうが、昨日、あれから友蔵さんの知り合いだという男の人が訪ねてきましてね、それはひどい思いをしました、わたしだけならまだしも、旦那さまにまで厭な思いをさせて立つ瀬がありませんでしたよ」

「何があったんです」

「とぼけないでください」

横を向き、ふんと笑った与吉へ、おとよは激しく首を振った。

「本当に知らないんです、いったい何があったんです」

「だったら言いますけどね、いきなり訪ねてきて十両出せはないでしょう、それも旦那さまのいる前でですよ、だいいちわたしがなぜそんな大金を払わなければならないのです」

おとよは茫然として口が利けなかった。友蔵がどうにかなったと言ったのは、そういうことだったのかと思った。あの男と言い合わせ、はじめから金蔓《かねづる》を探すつもりだったのだろう。

「まったく、冗談じゃありませんよ」

それからの与吉は無遠慮におとよを睨《ね》めつけ、ますます刺々しい口調になった。

「店に迷惑をかけるので仕方なく三両渡して引き取ってもらったが、ああいう連中と関りがあると思われるだけでも困るんですよ」

おとよはもう聞いているだけだった。そうなるまでの遣り取りは想像がついたし、与吉の怒りはもっともすぎて、許してもらえるとは思えなかった。

「五両といえば大金ですよ、曲がりなりにも親戚だからと思い、八丁堀の旦那にも届けなかった、だがこんなことは一度きりでたくさんなんです、いいですね、縁も金もこれっきりにしてもらいますよ」

与吉が吐き捨てて去ってゆくのへ、おとよは黙ってうなだれていた。履き古し、いまでは鼻緒の色も分からなくなった下駄が、我が身のように思われて情けなかった。

いきなり横っ面を張られて耳鳴りがしているような気分のまま、おとよはどうにか踵《きびす》を返して歩き出した。玉屋から十間ほど引き返したところで、ふと揚縁に無造作に積まれた下駄の山が眼にとまり立ち止まった。それは栗か朴《ほお》の木を削ったらしい見るからに安物だったが、鮮やかな水色の鼻緒に無性に心を惹かれて手に取ってみた。するとやはり軽いだけが取り柄で粗末な感じがしたが、鼻緒は案外なくらいしっかりとしていた。

もやもやとした気持ちで眺めていると、

「いかがです、お買い得ですよ」

薄暗い店の中から男の声がして、

「そうね……」

とおとよは言った。

「もらおうかしら」

意外なほどためらいはなかった。気分がすっきりとして、胸の中に何かが湧いてくるのを感じながら、二両持って帰ったところでどうせ博打に消えてしまうだけだと思った。小判で勘定を頼むと下駄屋のほうが驚いて目を白黒させたが、おとよは微笑みながら男が下駄を包むのを待った。晴れて明るい町並を見回すうちに、明日のことなどもう構うものかと思っていた。

四

それでも大家へ一分を返し、熊井町の翁屋で蕎麦を食べ、おとよは家に帰った。土間の壁際に捨てられずに取っておいた荒物があって、上がり框に腰掛けて眺めていると、卒然と涙が溢れてきた。これが夢にまで見た暮らしの果てだろうかと思った。

編み目が弛み変形した目笊《めざる》や、毛先のない箒のように、後生大事に守っていても仕方がない暮らしなのかも知れない。だが笊は蔬菜《そさい》の水を切るくらいには使えるし、箒も柄だけはしっかりとしている。どれもこれも未練と言うには些々《ささ》たる未練があって捨てずにきたが、改めて見るとそれほど値打ちがあるとは思えなかった。それが唯一自由にできるものだとしたら、あまりに情けなく、そんなものにしがみついている自分が底抜けに愚かな人間に思われた。

果たして友蔵は日が暮れても帰ってこなかったが、おとよはもう気を揉むことはなかった。ただ、これからどうして生きてゆこうかと、そればかり考えていた。ひとりで飯を食べ、油代を気にしながら内職をしているときだって、あの男は博打に目の色を変えているのだ。それだけの男にこれから何を期待できるだろう。いくら細工の腕がよくても、女房の涙も拭えぬ甲斐性なしではないか。少なくともおとよが嫁いだ友蔵は、もう少し値打ちのある男だった。

（これで子供でもいたら……）

友蔵もあるいは変わるのかも知れない。だが逆に子供のいないいまが別れる潮時かも知れなかった。いまならまだ働き口も見つかるだろうし、いつ帰るとも分からぬ男を待つくらいなら、いっそのことひとりのつもりで暮らしを立てる算段をしたほうがいいのではないか。ぐずぐずしていると、それこそ自分が使いものにならぬ荒物のようになってしまうだろう。

おとよは半分はもうそうしようと決めながら、刺子を縫う手を休めて家の中を見回した。友蔵がいないものと思って眺めると、狭くて薄暗い家も片付ければそれなりに居心地がよくなるのではないかという気がする。改めて友蔵に相談するまでもないことで、おとよは明日になったら土間の古い荒物は捨てようと思った。それから髪結へ行き、ほんの少し化粧でもすれば、勤めに出る覚悟もつくに違いなかった。

明くる日、おとよはその通りにした。新しい下駄を履いて髪結へ行き、安物の口紅を差しただけで、気分は思いのほか晴れ晴れとした。与吉を訪ねたときの姿を思い出すと恥ずかしいくらいで、日本橋の富沢町まで足を伸ばして古着を一枚買った。それで二両は消えたが、生まれ変われたような気がした。

いまから新しい暮らしがはじまる、そう思いながら眼を光らせて歩いた。男なんか、案外いないほうがさっぱりすると思った。

友蔵は賭場からかさりやへ通っているのか、それとも仕事も捨ててやくざな借金取りから逃げ回っているのか、それから十日を経ても帰らなかった。だが、おとよはもう友蔵のことなどどうでもよくなっていたから、その日も深川や川向こうの口入れ屋へ出かけ、町をぶらぶらとしながら家へ戻った夕刻に、見知らぬ男が友蔵を訪ねてきても以前のようには驚かなかった。

「あねさん、友蔵さんに会うにはどこへ行けばいいんでしょうね、ちょいと話があってお会いしたいんですが……」

盲縞《めくらじま》の腹掛けに広袖《ひろそで》を着た、博徒らしい男が妙に丁寧な口調で言い、

「山城河岸のかさりや、そこにいなければどこかの賭場にいるはずですよ」

とおとよはきりりとした態度で答えた。その顔を友蔵に見せてやりたいと思うほど、自分でも落ち着いているのが分かった。

「それともお奉行所の牢屋かしらね」

「ご冗談を……どこの賭場かご存じありませんか」

「さあ、あたしは堅気ですから、あの人ともう夫婦じゃないんですよ、面倒だから世間にはそういうことにしてありますけど……」

男がまともな世間には属さぬ人間と見て言ったことだが、そう口にしてみて、おとよは案外に気分がいいことにも気付いた。薄化粧をして身なりを整えただけで、男の態度が変わるのもおもしろかった。おとよは飛び抜けて佳人というのではないが、嫁ぐ前には友蔵のほかにも言い寄ってきた男が二、三人はいた器量をしている。その中から友蔵を選んだのは、やはり彼が職人だったことと、気持ちに遊びがないのを感じたからである。だからこそ友蔵が独り立ちするまで信じて待つこともできた。その友蔵を、おとよはいま亭主ではないと言っていることに何のこだわりも感じなかった。

「そうですかい、じゃあ、会うことがありましたら、飛魚《あご》の久兵衛が探していると伝えてもらえませんか、そう言えば分かりますから」

男は異名を残して去っていったが、おとよはどうせろくでもない用事だろうと思い、心にもかけなかった。好きで堕ちた男のことなど構ってはいられない、これからは自分のために働き、生きるのだという思いで胸は溢れていた。

よしんば友蔵が帰ってきたとしても、いずれは別れることになるだろう。このまま帰ってこなければそれでもいいし、働き口しだいでは自分が出ていってもいい。この数日の間に、おとよの中では友蔵と別れるのは当然でしかも造作もないことに変わっていた。いままでどうして一度も考えなかったのかと不思議にさえ思う。たしかに母のたねにはよくしてくれたが、その後の暮らしはおとよにとって苦しいだけのものだった。働いても貧しいというのであれば我慢もできるが、そういう暮らしではなかった。女の自分から三行半《みくだりはん》をくれと言っても少しもおかしくはないことを友蔵はしてきたし、いまもしている。

（あたしが変わらなければ……）

もう何も変わらないところまで来てしまったのだから、仕方がないと思う。そのことをとやかく言える道理も気概も、いまの友蔵にはないだろう。あの人は自分から堕ちてゆく道を選び、あたしは付き合うのをやめただけ、それだけのことだわ。おとよは微笑んで、ひとり分の夕餉の支度に取りかかった。

友蔵はその夜も戻らなかったが、翌日の昼をしばらく過ぎて、不意にかさりやの職人で友蔵の弟弟子にあたる徳松《とくまつ》が訪ねてきた。

徳松はまだ年季の明けぬ身で、当然のことながら昼日中におとよを訪ねてくるには親方の許しを得てきたはずだった。おとよはその強張《こわば》った顔を見た途端に、友蔵に何かあったに違いないと察した。

「よくここが分かったわね、ひとり？」

女中の働き口があるという深川の料理屋へ出かける支度をしていた手を止めて、おとよは表戸を開けたまま突っ立っている徳松へ言った。

「友蔵はいないけど、何かあったの」

「…………」

「とにかく入ってちょうだい」

徳松がのっそりと入ってくる間に、おとよは土間へ下りて徳松の前に立っていた。

「やっぱり、あの人、かさりやにいないの」

そう言った声は少しうわずっていたが、まだしっかりしていると思った。徳松はうなずくでもなく、用件だけを告げた。

「今日中に飛魚の久兵衛という人に十両渡してほしい、それが無理なら七ツまでに有り金を持って蔵前の八幡さままで来てくれって」

「そんなこと無理に決まってるじゃない、あの人がそう言ったの」

「いいえ、わたしに使いが来て、おとよさんにそう言付《ことつ》けるように言われました」

「…………」

「じゃあ、わたしはこれで……」

まるで見ず知らずの他人のところへ来たように、そそくさと踵を返した徳松へ、

「ちょっと待ってよ」

おとよは袖を摑んで声を張り上げた。

「七ツまでって、あと一刻しかないじゃない」

どこかで聞いたような台詞《せりふ》だと思いながらも、頭に血が上り、言わずにはいられなか

った。

「あたしが行かなかったらどうなるか言ってなかった、ねえ、言ってなかった」

「いいえ」

「あんた、それでも友蔵の弟分なの、よくそんなふうに平気でいられるわね」

「……」

「親方は何て言ってるの」

「仕方がないだろうって」

おとよは愕然とした。急にめまいがして倒れそうになったが、倒れるわけにはいかなかった。

「飛魚の久兵衛ってどこの誰なの、ねえ、教えて」

「さあ、知りません、わたしはもう行きませんと……」

去ろうとした徳松を、おとよはありったけの力で引き戻すと、戸口の前に立ち塞がって言った。

「お金、貸して、いま持ってるだけでいいから」

「ありません、わたしの身分であるわけがないじゃないですか」

「ほんとにないの」

「お願いですから、もう帰してください」

「店へ行っても無駄ですよ、親方が来ても会わないって言ってましたから……それに友蔵さんも今日限り……」

徳松が何か言ったが、おとよはもう聞いていなかった。やがてひとりになった家の中で、おとよは地団駄《じだんだ》を踏んだ。

（どうしろっていうの……）

激しい怒りと苛立ちに襲われ、眼に入った柄杓《ひしやく》を土間へ投げつけたが、波立った気持ちは少しも治まらなかった。両の拳《こぶし》を震わせ、土間をうろうろと歩き回った挙げ句、上がり框に腰を下ろしたときには、徳松が来てから小半刻は経ったような気がした。永代寺門前町の料理屋へ行くことはきれいに忘れてしまい、考えられるのは友蔵のことだけだった。

「あたしが何でもすると思ったら大間違いよ、馬鹿にしてるわ」

おとよは怒りを声に出して、自分に逆らった。

「十両も作れるはずがないじゃない」

仮に工面できたとしても、飛魚の久兵衛とやらがどこにいるのかも分からない。いきなり言ってきた友蔵も友蔵だが、一瞬どうにかならないだろうかと考えた自分にも腹が立っていた。

「……」

いつもそうだった。窮地に追い込まれると必ず女房を頼る。その度に必死になって助けてきたが、結果は次の窮地へと薄板を渡してやるようなもので、友蔵が変わることはとうとうなかった。真面目で優しいところはあるが、性懲《しょうこ》りもなくずるずると博打にのめり込んできたのは意気地がないからだろう。それほど博打が好きなら、いっそのこと博徒として生きてゆけばいいのであって、その方が振り回される女にとってもどれほど割り切れるか知れない。逃げ回るより追いかける側になればいいのだと思う。一月でも二月でもひとつの細工に打ち込む根気はあるが、友蔵はここぞという一瞬を切り抜けることのできない男だった。二股道《ふたまたみち》を右へゆくのか左へゆくのか、風に押されて決めるようなところがあった。そんな男が勝負師に向くはずがないことは、おとよも分かっていたはずである。

ただどうしてもこれまで見限ることができなかったのは、友蔵の腕の中にいると何もかも忘れてしまう瞬間があって、見限ろうとする度に何かしら得体の知れぬものに引き留められてきた。友蔵が傍《そば》にいるときと、いないときに思うことが表と裏で、情愛と嫌悪が紙一重だった。冷めた眼で見ればつまらぬ男に見えるのに、傍にいるだけで途方もなく暖かいところにいるような気になる。肌を触れ合えば、なおさらのこと自分の居場所はそこにしかないようにさえ思えてくる。だがそれで暮らしが成り立つわけではなく、夫婦の行く末に微かな光が差すわけでもなかった。

（いつまでもあたしが黙ってついてゆくとでも思っているのかしら……）

そう思うと、おとよは身勝手な夫に憎しみさえ覚えた。女の気持ちなんてこれっぽっちも分かっていないのだと思う。暮らしに疲れ果てた女が信じられるのは、自分をどん底から救い出してくれる強い男であって、女に助けを求めるような男ではない。意気地も甲斐性もないくせに、どうして女が自分を捨てないという自信だけはあるのだろうか。それが腹立たしくてならない。

（死ぬほど痛い目に遭えばいいのよ、あたしの知ったことじゃないわ……）

おとよは唇を嚙みしめた。友蔵の困り果てた顔が眼に浮かび、勝手に動き出しそうになる足を両手できつく押えてこらえている。心が傾きそうになる度に、おとよは胸の中で呪文のように繰り返した。

（誰が行くものか……）

五

浅草御門から鳥越橋を渡り、御蔵前に差しかかると、やがて左手に八幡宮の鳥居の笠《かさ》木《ぎ》が見えてくる。まだ熱い陽が降りそそぐ通りには大勢の人が出ていたが、道幅がかなり広いのでさほどの混雑には感じられない。

暑さのせいだろう、人の流れはひどくゆったりとしてい、その中を頭に手拭いを被り小走りに駆けてゆく女の姿を見ても、人々は気にも留めなかった。もっとも人々がおとよに関心がない以上に、おとよも人目を気にしてはいられなかった。そうして駆けている間にも、七ツの鐘が鳴りはしまいかとびくびくしていたのである。

八幡宮（大護院）への参道は広く取られていて、人の集まる鳥居をくぐらずとも脇を抜ければ山門までは一走りだった。おとよは山門を駆け抜けたところで、すぐに友蔵らしい男を見つけた。男は笠で顔を隠し、境内にある松の根元に膝を抱えてしゃがみ込んでいた。

一度うしろを振り返り、怪しい人影がないことを確かめてから、おとよは男へ駆け寄った。

「おまえさん」

低い声で呼ぶと、男は顔を上げたが、果たして怯えと安堵が入り混じったような情けない顔だった。おとよは喘ぎながら、どっと吹き出てきた汗を手の甲で拭った。

「お、おとよ」

と友蔵は立ち上がり、震える声で言った。

「とんでもねえことになっちまった、もう江戸にはいられねえんだ」

そう言うと、おとよの手を取り、松の木の反対側へ回った。それで隠れたつもりらしかったが、人のいる本殿のあたりからは丸見えだった。おとよは友蔵の手を振り払って言った。

「これで、ありったけよ」

どこへ行くつもりなのか、友蔵は自分だけ旅支度をしていた。友蔵の胸に押し付けた巾着の中身は銭で一分余りだったが、家には本当に鐚一文《びたいちもん》残してこなかった。ひょっとしたらもう長屋へは戻れないかも知れないと思ったからである。

ところが友蔵は中を覗くと、これだけかと呟いた。おとよが黙っていると、気まずそうに懐へしまって溜息をつき、それからようやくおとよの平坦な頭に気付いたらしかった。

「おめえ、その頭はどうしたんだ」

「決まってるじゃない、髢屋《かもじや》に髪を売ってきたのよ、ほかに売るものがあると思うの」

髢屋と聞いて、友蔵はさすがに顔色を変えた。とうとう女房にそこまでさせたかと、うろたえたようだった。

「みんなあんたのせいよ」

おとよはこれが最後のつもりで言った。

「分かってるの」

「すまねえ」

「女にこんなことまでさせて……馬鹿よ、あんた、どこへでも好きなところへ行ったらいいわ、どうせやくざ者に殺されるのが落ちよ」

おとよは思い付く限りの言葉を並べて罵《ののし》ったが、じきに言葉も尽きると魂が蛻《もぬ》けたような虚しさだけが残った。いまさら何を言ってみたところで、友蔵と別れることに変わりはない。呼び出しておきながら女房を連れて逃げる勇気もないのかと思うと、必死で駆けてきた自分が惨《みじ》めでならなかった。

「結局、あんたがあたしを捨てるの？」

おとよは友蔵の髭だらけの顔を見つめた。逃げ回り疲れ果てた顔には、一途で純朴だったころの面影は見当たらなかった。

「そうじゃねえ、そんなつもりはねえ」

と友蔵は言った。

「七ツに蔵前から川越へ帰る舟に乗せてもらうことになってるんだ、その先はどうなるか分からねえが、必ずおめえを迎えに戻ってくる、それまで辛抱してくれ」

「同じことじゃない」

「博打も二度とやらねえ、本当だ、一年もしたら帰ってくる」

「一年？」

おとよは思わず笑った。その一年がどんなに長いものになるのか、この男は分かっているのだろうかと思った。本当に迎えにくると信じていろと言うのだろうか。

「一年でも二年でもいいわ、でもあたしが待ってるなんて金輪際《こんりんざい》思わないで、おっかさんがあんたを見捨てちゃいけないって言うから我慢してきたけど、もう義理は果たしたわ」

「おとよ……」

「もういいから早く行ってちょうだい、じきに七ツよ、ここで見送ってあげるわ」

「必ず迎えにくるから、なあ、やり直そう」

友蔵は執拗に繰り返したが、おとよは顔を歪めて黙っていた。いま聞いていることはど当てにならないことはないと思った。しらじらしい気持ちのおとよの耳に、友蔵の必死な声はしだいに間遠くなるばかりだった。

「必ずだ、信じてくれ」

やがて七ツの鐘が鳴り、友蔵はそう叫びながら走り去った。そのとき、おとよははじめて友蔵の走る姿を見たような気がした。背中で振り分けが躍《おど》り、どこか滑稽に見えたが、四つ目の鐘が鳴るころには、その姿はおとよの視界から消えていた。

（馬鹿なこと言わないでよ……）

おとよは片顔《かたかお》を歪めて笑ったが、本当のところは自分でも分からなかった。友蔵が一年で帰ってくるような気もするし、もう二度と会うことはないような気もする。どちらでもいいように思う分、半分の未練はあるのかも知れない。はっきりと分かっているのは、当分、髷《まげ》も結えぬ髪では勤めに出ることはできないこと、そして金もなしに半町から引っ越すこともできないということだけだった。

目と鼻の先にある本殿に御参りする気にもなれず、おとよは仕方なく山門に向かって歩き出した。友蔵は高瀬舟で川越へ、自分は歩いて深川へ帰るのかと思うと、どっと疲れが押し寄せてきた。いますぐ裸になって何もかも洗い流したい気分だったが、現実には手拭いを取り首の汗を拭うこともできない。

（これで待ってたら、本当の馬鹿じゃない）

おとよは胸の中で呟いたが、そう思う心の裏側では友蔵があれほど必死に訴えてきたことはなかったような気もしている。やくざ者に追われ、怯え切っている男が人目もはばからずに叫びもした。それだけでも、ほんの少しではあるが救われたような気がした。

鳥居を抜けて大通りへ出ると、並び立つ御蔵に遮られて大川は見えなかったが、吹き抜けてくる川風が濡れた肌に心地よかった。まだ日の温もりをたっぷりと含んだ風に、汗が引くほどの涼しさはないが、それでも徐々に火照《ほて》りを静めてくれるようだった。

おとよはときおり片手で頭の手拭いを押えながら、ついさっき駆けてきた道をゆっくりと引き返した。鳥越橋を過ぎて浅草御門の手前で左へ折れると、急に人通りが減って、正面に大川が見えた。右手に神田川が流れ、すぐさきで大川へそそいでいる。西日を受けて白っぽく光る川面が静かに揺れていた。

ふと何かが目に触れたように思い、おとよはそこに立ち止まった。あたりを見回したが何もなく、また歩き出すと、神田川の流れのさきに高く反った柳橋が見え、行き交う人の流れが見えた。その上空に白い月が出ていた。月はひどく薄っぺらで、いまにも透き通り、空から剝がれ落ちてきそうだった。

どこかで見たことがあるような気がして眺めていると、耳元で男の声がした。

「そんなにおれが信じられねえのか」

そう言ったのは友蔵の声だった。思わず振り返ると、道には四、五人の子供が遊んでいるだけで男の姿すらなかった。

（まさかね……）

おとよは自嘲したが、あのときの友蔵は男らしかったとも思った。

「おれは一度約束したことは必ず守る」

そう言って、顎を突き出した顔がきりりとしていた。あたしに夢中で、会う度に心配はいらねえとも言った。おっかさんのことよりも、あたしの心変わりが心配だったに違いない。お互いに暮らしや奉公に縛られ、少しも思い通りには会えなかったが、ひとつ夢を分かち合えて幸せだった。それなのに、どうしてこんなことになったのだろう。

気が付くと、おとよは柳橋の袂に立っていた。そのさきの両国橋へ向かう人の流れの中で、ぞっとするような孤独感に襲われ、立ち止まりぽつねんと白い月を見ていた。大川は大小の舟で賑わい、ときおり小さな波を汀《みぎわ》へ寄せている。

（そうだわ……）

おとよは突然に思った。いっそのこと、もう一度あのときからはじめればいい。たったいま友蔵と別れて、あたしはお店へ帰るところ。友蔵はもうすぐ年季が明けて、これから一年の御礼奉公……それなら、あと少しの辛抱じゃない。

そう思った途端に息苦しい孤独から解放されて、月は雲母のように輝いて見えた。友蔵だっていまごろはこの月を眺めながら、あたしのことを思っているに違いない。

（きっと、そうだわ……）

おとよは片笑んで、いくらか人通りの減った道を歩き出した。柳橋を渡ると、広小路を横切り、川沿いの道を歩いた。ときおり気になって振り返るおとよに、白い月はややうしろからぴたりとついてくるようだった。

（もう一度だけ……）

言い暮らしてきたはずの言葉が胸の中できらきらと輝きはじめたのを感じながら、おとよはふと、案外とんでもない賭けをしているのは自分かも知れないと思った。それでも柔らかな川風に吹かれていると、ゆったりとした大川の流れのように、友蔵が帰ってくる日のことがゆらゆらと浮かんでは消えていった。

花の顔

一

「さと、さとはおりませんか」

「はい、ただいま」

義母のたきの声が聞こえると、さとはまたかと思う。三畳の次の間をいれても僅か四間の家なので、どこにいても義母の声は聞こえるし、聞こえぬ振りをするのは許されなかった。

たきは几帳面なうえに気が短く、目に障るものはすぐに片付けなければ気がすまず、気にかかることは半刻と秘めずに口に出す質《たち》である。やれ洗い物が遅い、やれ文はしためたかと、口だけは湯水のように使う。もっとも、そのほとんどは些細なことだが、さとは何を差し置いてもたきのところへ行かねばならず、しかも行けば決まって小言が待っているので、始終気を張りつめていなければならない。

そういう暮らしが、かれこれ二十年は続いてきた。十八で市村《いちむら》の家へ嫁してから、たきに小言を言われなかった日はただの一日もないだろう。朝には黙って飲んだ味噌汁が夕には辛いと言い出し、いつになったら市村の味を覚えるのだと、たきの口は誉めることを知らない。それでなくとも二十五石の禄で一年を遣り繰りするのは苦労だというのに、嫁にねぎらいの言葉をかけるどころか、小言は齢とともに増す一方である。

そんなふうだから、さとが緊張から解き放されるのは、どうにか一日を終えて眠りにつくときと実家へ帰るときくらいだが、実家が弟の代になってからは以前のように泊り掛けで行くことはなくなっていた。ひとつには息子の真次郎《しんじろう》が藩命で江戸へ遊学し、長居をする理由が減ったこと、そしてひとつには義父の久左衛門《きゅうざえもん》が胸と腰を病んで寝たきりとなり、さとも看病に追われてきたからである。

つい先刻、その久左衛門が息を引き取り、これから通夜を迎えるというのに、たきは何事もなかったかのようにしっかりとしている。五年もの間、自力で立ち上がることもできなかった夫の死はとうに覚悟していたにしても、さとの前では涙すら見せなかった。

しかも徒士組《かちぐみ》の組屋敷では、人が死ぬと隣近所の家から女たちが集まり、通夜やら葬儀の支度を手伝うことになっているのだが、たきは人の世話になるのが嫌いで、通夜の支度がすむまでは久左衛門の死を知らせるなとも言った。けれども、その支度も結局はさとがするのである。

「これでは湯呑が足りませんよ」

声のした茶の間のほうへ行ってみると、果たしてたきは顔をしかめてい、さとを見るなり、胸の底に溜めていた苛立ちを吐き出すように言った。

「ひとたび弔客を迎えたら洗っている暇などないのですから、多めに用意いたしませんとね」

「はい」

「返事だけなら誰でもできます、まずは物を揃えることです」

「かしこまりました」

「ああ、それから」

たきは立ちかけたさとへ、憤懣《ふんまん》を剝き出しにした眼でもう一度座るように促した。

「酒肴は足りぬよりは余るほうがましです、市村は近習組の小頭を務めた家ですから、決して人さまに笑われるようなことがあってはなりません」

それがたきの口癖でもあった。

たしかに市村の当主はかつて近習組の小頭であったが、それは亡くなった久左衛門の祖父の代のことである。その祖父があるとき御前で失態を演じ、徒士組へ役替えとなったことは、さとも市村との縁談があったときに父から聞いて知っている。だが家付きの娘でもなかったたきがそんなことを誇りにしているとは、当時のさとには想像もつかなかったのである。

「幸之進《こうのしん》はまだ下城しないのですか」

たきはそれもさとの落ち度であるかのように言って、艶のない額に皺を寄せた。幸之進はたきのひとり息子で、さとの夫である。

「じきに戻られるころかと存じますが……」

さとは助けを求めるような気持ちで玄関のほうを見た。久左衛門の最期を看取ってすぐに、組子で雇っている小者を城へ使いにやったのだが、そろそろ一刻は経つだろう。半月後の四月には藩主が参勤交代で江戸へ出府するので、供をすることになっている幸之進も支度に忙しいのかも知れない。しかし父親が死んだとなれば、よほどのことがない限り下城は許されるはずだった。

「でも、何があろうともお役目はお役目ですからね」

たきは自分で自分を諭すように言ってから、ともかくあなたは通夜の支度を急ぐようにと言った。それから仏前の線香が短くなっているのに気付いて、そそくさと居室へ立っていった。

(なぜ涙の一滴《ひとしずく》も零《こぼ》れぬのでしょう……)

さとは不思議に思いながら台所へ引き返すと、こっそり勝手口から家を出て隣家の小坂家を訪ねた。たきに知られたら咎められるのは分かっていたが、自前ではとても足りそうにない湯呑やら酒を借りなければならなかった。たきの望み通りに見栄を飾るには、市村の家は貧しすぎたのである。

もっとも台所の事情はどの家も似たようなもので、組屋敷の中では米一升の貸し借りも当たり前になっている。何事も助け合わなければやってゆけないことはみなが承知している中で、たきはむしろ変わり者と言ってよかった。

さとが小声で事情を告げると、杉江《すぎえ》という小坂家の嫁は快く承知してくれた。たきの気性を知っているのでそ知らぬ振りをしていただけで、さとが小者を城へ走らせた時点で杉江は久左衛門の死を察していたらしい。

「何も心配はいりませんよ、入り用なものはあとで裏から届けますから……」

と杉江も馴れたもので小声で言った。むろん小坂家にすべてがあるわけではなく、杉江が組子に声をかけて揃えてくれるのである。

「嫁同士、助け合いませんとね」

「いつもお世話になってばかりで申しわけございませんが、よろしくお願いいたします」

さとは心からそう思いながら、深々と頭を下げた。礼もそこそこに家へ帰りながら、杉江のような気さくな人が隣家の嫁でよかったとも思った。

幸之進が城から戻ったのはそれから半刻後のことで、無言のまま久左衛門のところへ行くなり、背を丸めて嗚咽した。それでもたきは背筋を伸ばし、毅然としていた。

「もうよいでしょう、今日からは名実ともにあなたが市村の当主です、いつまでも泣いていては父上に笑われますぞ」

幸之進が涙を拭う間もなく、たきが言うのへ、

「おかあさま」

ととは思わず声をあげた。

「旦那さまはお戻りになられたばかりです、いま少しおとうさまにお別れを申し上げる時を差し上げてくださいまし、お通夜にはまだ十分な時がございます」

たきはしかし、顔色も変えずに言った。

「いいえ、無闇に泣いている暇などありませんよ、これから髪を結い、腹拵《はらごしら》えをし、着替えを終えるころには日が暮れているでしょう、気の早い御方であれば、こちらの事情など考えずに弔問に来るものです」

「ですが……」

「いついかなるときも決して人から侮りを受けぬこと、それが市村の作法です、久左衛門どのも無様な応対を見たくはないでしょう」

幸之進は黙っていたが、ややあって不意にすっくと立ち上がると、涙声で母上の申される通りだと言った。

「市村はこんなところでもたもたしている家ではない、いまこそ父上が果たせなかった夢をわしが引き継がねばならん、父上もそうお望みであろう」

それは、言い換えれば幸之進が智力を尽くして出世するということだったが、さとには夫の心の高揚は見えても、口にしている言葉は理解しがたいものだった。いますべきことはそういう決意ではなく、遺族が身を寄せ合って久左衛門の死を悲しむことではないかと思ったのである。

二

久左衛門を野辺へ送り、初七日の法要を無事に終えると、幸之進はあわただしく出仕するようになった。さとは、これから出府するとなると四十九日にも一回忌にも施主がいないことになるので、今度に限り江戸詰は誰かに交代してもらうわけにはいかないでしょうかと訊ねたが、幸之進はそれはできぬと言って取り合わなかった。

生涯梲《うだつ》の上がらなかった久左衛門と、すでに四十の坂を越した自分が、さして変わらぬ道を歩んでいることに、幸之進はにわかに焦りを覚えたようでもあった。

「お役目を疎《おろそ》かにして出世は望めぬ、いまが市村にとってもわしにとっても大切なときなのだ、殿のお供をして江戸へ行くことにはお役目以上に大きな意味がある」

「ですが真次郎も戻れぬようですし……」

「それは当然だろう、御家から学資金をいただいて遊学しているものが、私用で帰国することは許されまい」

その朝も同じような問答を繰り返し、登城する幸之進を見送ると、さとはやりきれぬ思いで溜息をついた。仮に市村の家が出世するとしても、それは江戸の昌平黌《しょうへいこう》で学んでいる真次郎の代のことだと思っていたし、いまさら幸之進に期待しているわけでもない。それよりも夫にはできるだけ家にいてもらい、ときには偏屈な義母から妻を守ってほしいと思う。

幸之進が江戸詰になるときには、むかしは真次郎が側にいてくれたし、二年前には病人とはいえ久左衛門がいたが、これから一年の間、たきと二人きりで暮らすことになるのかと思うと、正直なところ、さとは気が重かった。

そもそも自分は市村に嫁して、いったい何を得たのだろうかと、このところふと思うときがある。祝言の翌日からたきの小言がはじまり、今日まで絶えることはなかった。夫は一年置きに出府し、夫婦が水入らずで暮らしたこともない。久左衛門が隠居して夫が当主となってからも、義理の親の指図に従い、叱られ、面倒を見てきた。自分も人の親であるのに、市村ではその前に嫁であり、婢《はしため》も同然ではなかったか。そう考えると、真次郎が素直に育ってくれたことを除けば、さとにとり、この二十年は自分を殺して市村に仕えてきただけの意味の薄い歳月だった。

「さと、さとはおりませんか」

「はい、ただいま」

ほとんど反射的に応え、義母のところへ向かう自分にも、さとは嫌悪を感じている。

実の母ですら求めぬことを、姑はなぜ嫁に求めるのだろうか。嫁は娘であって給金で仕える婢とは違うことが、なぜ分からぬのだろうかと思う一方で、しかしいまさらそのことを口にするにはあまりにも長い歳月が過ぎてしまったようにも思われた。

「久左衛門どのの笄《こうがい》を見かけませんでしたか」

台所の片付けを中断して行ってみると、たきは仏壇の前に悄然として座っていた。昨日まで仏壇の引き出しにあったものが、どこにも見当たらないという。

「銀の笄でしたら幸之進どのがお形見としていただきましたが……」

「それならそうとひとこと言っていただきませんとね、盗まれたかと思いますよ」

「ですが、それは昨日おかあさまが……」

身に付けられるものがいいだろうと言って幸之進へくれたのだが、たきはまるで覚えていないようすだった。ひょっとして試されているのだろうかと思い、さとはあわてて言い直した。

「いいえ、わたくしの思い違いかも知れません、旦那さまがお戻りになりしだい、確かめてみます」

「ええ、是非そうしてください」

たきは不審げな眼を向けてきたが、ちょうどそのとき組屋敷に出入りの魚屋の声が聞こえたのを幸いに、さとは見てまいりますと言って腰を上げた。

「無駄口は慎むように、魚が腐りますよ」

台所へ戻りかけた背へ、たきの声が追ってきたが、さとはもう聞いていなかった。あの眼はまるで嫁が盗んだとでも言いたそうな眼だったと思った。そう思うと腹立たしさが先に立ち、仏前で悄然としていたたきの孤独には気付かなかったのである。

目笊《めざる》を持って勝手口から外へ出ると、日差しは昨日よりも暖かく感じられ、季節はすでに春から初夏へ移りつつあるようだった。何気なく見上げた空には刷毛《はけ》ではいたような薄雲がたなびき、小路に枝を広げた隣家の桜木からは木漏れ日がそそいでいる。

知らぬ間に花が咲き、散ってしまったらしい桜の枝を眺めながら、さとはふと最後に花見をしたのはいつだったろうかと思った。すっと脳裡に浮かんできたのは城の外堀から分かれて城下を流れる新堀川の堤で、満開の桜を見上げている自分の姿も、側で微笑んでいる父母や弟の顔もまだ若々しかった。

さとの実家は桂木《かつらぎ》といって、当主は代々普請組に勤めている。家格も禄も市村と似たようなものだが、死んだ父が温厚で親しみやすい人だったせいか、家の中は明るかった。いまは跡を継いだ弟夫婦が母と暮らしてい、先日弔問に訪れた弟の口振りでは案外なくらい嫁と姑の仲はいいという。

(結局……)

嫁入り前に見たのが最後だったと思いながら、生垣に挟まれた小路から広場へ出たときには、中央にそびえる欅《けやき》の木陰に人垣ができていた。

「あら、生きのいい眼張《めばる》ね」

「鰆《さわら》もおいしそう」

近づくにつれて朗らかな声が聞こえてきたが、結局女たちが買うのは値の安い魚で、夏なら鰺《あじ》、秋なら鰯《いわし》か秋刀魚《さんま》と相場は決まっていた。

魚売りもそのあたりは心得ていて、一応籠は広げて見せるものの、売れ筋はきちんと多く持ってきている。さとが覗くと、果たして四つある籠の中身は大半が飯蛸《いいだこ》と穴子、そして初物の鰺だった。

「鰺を三尾くださいな」

さとがためらわずに言ったとき、うちは五尾、とうしろで杉江の声がした。杉江はさとよりも一回りは若く、声にも張りがあった。

「晩には鰺の焼ける匂いで溢れますわ」

振り向いたさとへ、杉江はにこにこしながら言った。貧しいことは同じであるのに、杉江が屈託した表情を見せるのはまれで、その明るさは若さとは別に小坂家のどこか温《おん》雅《が》な家風から来ているように思われた。

「ほんと」

誘われてさとも微笑み返したが、それから手にした鰺までが杉江の笊に収まったもののほうが生き生きとして見えた。

「ちょっとお茶でもいかがですか、母が出かけましたの」

杉江が歩きながら誘うのへ、

「ええ、でも……」

さとは断わり切れずについていった。久左衛門の通夜の日に世話になった礼をまだきちんと言っていないこともあったし、たまに隣家の嫁と茶を飲むくらいの勝手は許されるだろうと思った。

「大丈夫ですわ、うちの厠《かわや》の窓を開けておけば聞こえますから」

「え……」

「さと、さとはおりませんか」

「まあ、そうでしたの」

「はい、ですからご心配はいりません、魚屋が帰るころに戻れば分かりませんわ」

杉江が言ったが、組屋敷の家は数軒を除いてどこも間取りが同じなので、小坂家の茶の間にいても、さとはいまにもたきに呼ばれるような気がして落ち着かなかった。ただ家具の置場所や小物が作る彩りは市村のそれとはだいぶ違っていて、どことなく小坂家のほうが居心地がよいようにも感じていた。そう感じたのは久し振りに飲む濃い茶のせいか、あるいは部屋の片隅に生けてある色鮮やかな山吹のせいであったかも知れない。

「あれは杉江さまが？」

「はい、我流で生け花というほどのものではございませんが、そこの裏山にたくさんございますでしょう、ですからときおり行って切ってまいりますの」

「裏山におひとりで行かれるのですか」

「はい、あまり大きな声では言えませんが、少し入ると蕨《わらび》や薇《ぜんまい》がありますし、秋には栗も拾えます」

「栗も……」

「それだけではございません、紫蘇《しそ》やたらの芽、それに茸もありましてよ、つまりは小坂家の台所ですわ」

「まあ、それでは大きな声では言えませんね」

さとは久し振りに心から笑ったような気がした。杉江が気さくなうえに話が楽しかったせいもあって、時が経つのを忘れていたようでもある。自分にも杉江のような逞しさと奔放さが少しでもあればと思っていたとき、しかしさとを現実に引き戻したのは、やはりたきの声だった。

「さと、さとはおりませんか」

一瞬、空耳かと思った声は杉江にも聞こえたらしく、お呼びですわね、と言った。

あわてて世話になった礼を言い、家へ戻ってみると、たきはしかし、珍しく台所で黙々と菜を刻んでいた。

「申しわけございません、夕餉の支度でしたらわたくしが……」

それにしては早すぎると思ったものの、さとが言うと、たきは何かに驚いたように手を止めて、さとの顔をしげしげと見つめた。

「さと、ですか」

「はい」

「嫁の……」

まだ夢の中にいるような目付きといい、物言いといい、明らかにようすがおかしく、

「あとはわたくしがやりますゆえ、少しお休みくださいまし」

とさとはすすめた。

たきは青白い顔をして刻んだ蔬菜の山を眺めていたが、やがて無言のまま部屋へ帰っていった。

そのことを夜になりようやく帰宅した幸之進に言うと、まさか惚《ほう》けたわけでもあるまいと言って笑った。

「気のゆるみだろう、この半月、いろいろとあったからな」

母上もお疲れなのだろうと言って、幸之進は味噌汁をすすった。だが、それからじっと椀の中を覗き込んだ顔には一抹の気掛かりが浮かんでいた。あるいはたきの健康を不

安に思いながら、二日後に出立を控え、新たな心配事を抱えたくなかったのかも知れない。

「念のため、一度、医師に見てもらったほうがよろしいかと存じますが……」

さとが顔色を窺うと、

「大袈裟なことをするな」

幸之進は味噌汁の椀を音を立てて膳に戻した。

「ただの疲れだ、案ずるには及ばぬ」

「ですが……」

「くどいぞ」

そのひとことで相談事は幕を引かれてしまい、さとは押し黙って夫が食事を終えるのを待った。自分の母親のことであるのに、夫の態度が冷ややかに思われ、情けなくなるのと同時に腹が立っていた。

「それより真次郎に伝えることはないか、江戸で会えるかも知れん」

幸之進が不機嫌な口調で言うのへ、

「手紙にしたためてございます」

とさとは答えた。

「それはまた用意の行き届いたことだな、母上にもそれくらい気を遣ってみることだ、それが心労には一番の薬だろう」

夫の言い草は癇に障るものだったが、さとはどうにか憤慨を抑えて言った。

「この二十年、ほかのことを考えたことはございませんし、これからも努めてそういたすつもりでございます」

三

息子の真次郎から、待っていた便りが届いたのは、幸之進が江戸へ向けて出立した翌日のことだった。国許へ手紙が届くころには幸之進はいないと考えたのだろう、さとに宛てた手紙の日付は七日ほど前になっていて、帰国できぬ詫びと、さとの心労を気遣う言葉が並べられていた。

母上にとっては気苦労な一年となるでしょうが、どうかお心を強く持たれてご辛抱ください。未だ学業半ばにて、残念ながらお力にはなれませんが、いずれ帰国したおりには留守中の分も合わせて孝行させていただくつもりでおります。

読み終えて、真次郎のほうがよほど分かっているようだと、さとは思った。

果たしてたきとの二人暮らしがはじまると、さとはこれまでになく忙しくなった。たきがあれはどうした、これはどうしたと同じことを幾度も聞き返すので、その度にさとも同じことを答えなければならず、一日の大半がたきとの問答で終わってしまう。

家事の合間を縫って内職の刺子を縫っていると誰の着物かと訊かれ、買物から戻ればどこへ行っていたのかと訊かれる。刺子の内職はもう何年も続けているし、たきに無断で出かけられるはずもないのにである。けれどもたきは、まるで何もかもはじめて見聞きするかのように問い質《ただ》し、さとがたまりかねて眉を寄せると悲しげな顔をした。

そして三月もすると、たきは平素の顔付きまでがおかしくなった。虚脱したとでもいうのか、まず視線を動かすことがほとんどなくなり、食事をしていても背を丸めて、さとを見ようともしない。険が薄れたかわりに老いの押し寄せた顔は、いつ見ても同じ表情をしてい、何かを考えているというよりは放心しているようだった。やがて着物の着こなしまでがだらしなくなり、さとがすすめるまでは幾日でも同じものを着ていた。さとはさとでそういうたきがどこか恐ろしくもあり、

（やはり惚けたのだ……）

心の底では思っていたが、一方では試されているのではないかという疑念も拭い切れなかった。たきにすれば、二人きりになったのをよいことに、嫁の本心を確かめるつもりかも知れない。そのために惚けた振りをしているとしても不思議はないし、嫁いびりのためには、それくらいのことは平気でする姑だった。

その疑念を裏付けるように、たきは卒然と以前のたきに戻ることがあった。

「いったい幾度言えば分かるのですか、たとえ一握りの塩であろうとも人に物を借りぬこと、そして貸さぬこと」

それが市村の遣り方だと言って、さとと杉江との間の些細な貸し借りに目くじらを立てたり、そのためにどれほど市村が肩身の狭い思いを強いられるかといったことをくどくどと捲くし立てた。それでいてさとが切らしたものを買いにゆこうとすると、姑を置き去りにするのかとも言った。

だが、そうしたときのたきは、以前とは異なり、一通り言いたいことを言ってしまうと何かに失望したようにうなだれることが多くなった。そしてよろよろと部屋へ戻り、仏壇に向かって頭を垂れる姿は、さとの眼にも著しく生気を失いつつあるように映ったのである。

(やはり、医師に見せたほうがよいのではないか……)

暑く息苦しいだけの夏が過ぎて秋風の立つころになり、さとは江戸の幸之進へたきのようすを知らせたが、それからしばらくして受け取った夫の返書は独断的で素っ気のないものだった。

年寄れば誰でも多少は物忘れをするようになる、当たり前のことに気を揉む前に孝養を尽くすことを考えてはどうか。夫に留守を案じさせるのが妻の役目ではあるまい。

(何も分かっていない……)

さとが文面から悟ったのは、夫の無関心と自力で何とかしなければならないということだけだった。

夏の間に細くなった食がなかなか元に戻らぬこともあって、さとは思い悩んだ末にたきを連れて藩医の向井宗順《そうじゅん》を訪ねた。宗順は城下の梅田町に診療所を構え、普段は町人も診る気さくな医師である。けれども江戸の躋寿館《せいじゅかん》で学んだ知識をもってしても惚けばかりは治せぬらしく、

「残念ながら、いまの医学では母御の病を治す術はござらぬ、せいぜい親身になって差し上げることです」

と驚いたことに幸之進とまったく同じことを言ったのだった。しかも、さとがいくら親身になっても、たきの症状はよくなるどころか悪化する一方だった。

それから一月もしないある朝、さとが目覚めてみると、たきの姿が見えなかった。外はまだ薄白い暁闇《ぎょうあん》で、あわてて組屋敷の内を探してみたがどこにも見当たらず、さとは寝間着に綿入れを羽織ったままの姿で通りを探し回った。

（いったいどこへ……）

さとの心配をよそに、それからおよそ一刻後、たきは甥の木田芳二郎《よしじろう》に付き添われて組屋敷へ帰ってきた。五町ほど離れた自分の実家へ帰っていたのである。

「おかあさま……」

まるで廃人のようなその姿に呆然としたさとへ、

「こういうことは二度と起きぬようにしてもらいたい、叔母とはいえ、嫁御にかわり当方が面倒を見るのは筋違いであろう」

いまでは当主の芳二郎がそう言った。

その日から眠れぬ夜が続いた。戸締まりを固くすると、夜中にこじ開けようとする音が響き、さとが止めると、その腕にたきは嚙みついてきた。そういうことが二日と空けずに続いた。

当然のことながら、昼間もたきを残して家を空けることはできなくなり、さとは杉江に頼み込んで必要なものは一切彼女の手から調達した。杉江は自分の姑に相談したうえで快く引き受けてくれたのである。けれども、杉江の親切に報いることは何ひとつできず、却ってさとの心の負担は増す一方だった。

他人に頼らなければ一日も送れぬこと、そのことを夫も親戚も理解してくれぬことが情けなく、たきといても孤独から解放されることはなかった。

それでもどうにか冬を乗り越えると、幸之進が役目を終えて帰国するまでの日数が数えられるようになり、さとはいくらかの希望を持ちはじめた。夫が帰国すれば、少なくとも夜はひとりではない。諭すにしろ宥《なだ》めるにしろ、実の息子の言うことなら、たきも少しは聞いてくれるだろうと思った。

実際、たきはさとの言うことをほとんど聞かず、そのころにはわけもなくさとの名を呼ぶようになっていた。

「さと、さとはおりませんか」

そう大声で繰り返すのみで、用事があって呼ぶのではない。だが放っておけばいつまでも呼び続けるので、さとは無意味な返事を繰り返すうちに声がかれてしまうほどだった。

「いい加減にしてください」

夜中に幾度も起こされてそう言ったこともある。けれどもさとが踵《きびす》を返すが早いか、

「さと、さと……」

たきは性懲りもなくそう繰り返した。分かっているのは、もはや嫁の名だけであったのかも知れない。

たきはほとんど眠らず、あるいはそう思わせるほどさとを苦しめたが、なぜか雪が降ると一日中でも眺めていることがあった。そうしたときのたきはまるで別人のようにおとなしくなり、幸せそうでもあった。いつまで眺めていてもとめどがない雪に誘われて童心にかえるのか、それとも雪そのものに対して何かしら深い思い入れがあるのかも知れなかったが、それも三冬《みふゆ》の間のことで、春がすすみ日陰の雪も消えると、たきのようすはまた一変した。

「おかあさま」

　ある日突然、さとをそう呼びはじめたのである。そのとき刺子を縫っていたさとは唖然として返す言葉を失った。見ると、たきは珍しく微笑みながら、つかつかと歩み寄ってきた。

「そのようなことはわたくしがいたします、おかあさまはお休みになってくださいませ」

「………」

「さ、おかあさま」

　そう言ったたきの声は声色を遣ったように若々しかった。しかもさとの手から刺子を奪い取ると、体が覚えていたのだろう、それは見事な手付きで縫いはじめた。

「お、おやめください」

　さとは震える声で言った。惚けではなく狂気を見ているような気がしたのである。これから義母におかあさまと呼ばれるのかと思うと、遠からず自分も狂うような気がした。寒気がし、家の中を見回すと、荒涼とした気配が満ちてくるのが見えるようだった。

　しかも予期せぬことはそれだけでは終わらなかった。三月に入り、久し振りに幸之進から便りが届くと、さとは帰国の知らせに違いないと信じて封を切った。ところが、その知らせはまったく逆のことだったのである。

江戸御留守居役・渡瀬宇右衛門さま直々の御声掛かりにより、いま一年の江戸詰が決まった。異例のことではあるが、いずれ五石の加増をもって下役に役替えになるとの由《よし》、これで市村の家運も開けるであろう。

夫の手紙には身勝手とも言える思いだけが綴られていて、国許に残す妻への思いやりなど微塵もなかったのである。ただただ吉報を伝える喜びに溢れ、母上もさぞかし喜ばれるであろうと締めくくられていた。

おそらく夫は夫なりに家のことを考え、出世のために苦心惨憺《くしんさんたん》してきたのだろう。文面から察するに、ようやくその苦労が実り、市村は五石の加増となるらしい。

（でも、わたくしはどうなるのですか……）

さとは手紙を投げ出した。市村が、市村がと言いながら、現実の家政に関してはまるで無理解な夫への怒りと、置き去りにされた幼子のような不安がその胸を満たしていた。

（もう駄目だわ……）

たきと二人きりでさらに一年も持つはずがないと思っていたとき、さとはたきの姿が見えぬことに気付いてはっとした。昼間は襖を開け放してあるので座敷にいれば見えるはずが、いつの間にか消えていたのである。

「おかあさま……」

あわてて立ち上がるとめまいがしたが、さとはふらつく足で庭を見て回った。玄関の表戸も門扉も閉められてい、裏庭の枝折戸《しおりど》はさとが紐で結わい付けたままになっている。外へ出てはいないと思ったとき、きな臭い気がして振り返ると、台所の小窓から煙が立っていた。

（まさか……）

血の気の引く思いで行ってみると、果たしてたきは台所にいた。竈《かまど》に自分の帯を焼べ《く》たらしく、片側の焦げた切れ端が土間にも落ちている。その向こうにあられもない姿で屈んでいるたきを見たとき、さとは地獄に足を踏み入れたような気がした。

「いったい、何のおつもりですか……」

「………」

「おかあさま」

竈に手桶の水をかけて歩み寄ると、たきは振り向きもせずに答えた。

「申しわけございません、ついうっかりと寝過ごしてしまいました」

「………」

「ですが、旦那さまのご出仕には必ず間に合わせます」

脇目も振らず米を研ぎながら、たきは首をすくめてそう言った。土間にありったけの鍋釜を並べて白髪を振り乱している。どこにそんな力を隠していたのかと思うほどの勢いで、見ると米はすでに割れているようだった。

「おかあさま」

「申しわけございません」

「おやめください」

「申しわけ……」

「おかあさま！」

気が付くと、さとは背後からたきに抱きつき、これでもかというほどの力で皺だらけの両手を押えていた。それでも必死に米を研ごうとするたきへ、さとはとうとうたまりかねて本心を吐き出した。

「よしなさい、たき！　幾度言ったら分かるのですか」

みるみるたきの体から力が抜けてゆくのが分かり、さとはほっとしたが、すぐに不快感が押し寄せてきた。不快に感じたのは、決して言い返されぬことを前提に、人目のないところで憎しみを叩きつけた自分の嫌らしさだった。

「お願いです、何でもいたしますから、どうか正気に戻ってください」

耳元でさとが声を絞るのへ、たきは恍惚として放尿をはじめたようだった。

四

（ああ、どうすればいいの）

　さとは苦しげに嘆息した。

　毎日がまるで地獄のようで、疲れ果て、痩せ細った体には異臭が染み付いている。休む間もなくたきの叫声が聞こえ、萎《な》えた心にはこれでもかと絶望が伸《の》しかかってくる。太い支えになるはずの夫は頼りにならず、これからもひとりでたきの面倒をみてゆくのかと思うと、行く手に見えるのはうそ寒い暗闇でしかなかった。

　なぜ市村のために嫁の自分が苦しみ、追い詰められなければならぬのか。それも散々いじめられてきた、血の繋がりもない相手のために……そう思うと、たきへの憎しみは増す一方だった。

　たきはもう自分が誰でどこにいるのかすら分からず、夢の世界に生きているように見えた。夢だから人目をはばかることもなく放尿し、したいことだけをして暮らせる。逆にさとは醜い現実だけを見せられ、辛抱がならずに怒り狂うことが多くなった。

「今度は何をしようというのです、いったい何のつもりですか」

　目角《めかど》を立てて言うことは決まっていた。だが、叫べば叫ぶほど自分も何かに蝕《むしば》まれてゆくようで、心が晴れることはなかったのである。

唯一の慰めは、毎月届く真次郎からの手紙だった。

祖母の具合はいかがですか、母上は達者でおられますか。

いつも同じ文面ではじまる手紙は、それでもさとがまだ誰かの関心の対象にあることを示してくれた。束の間、孤独の闇から掬《すく》い上げられる気がした。

母上御一人に家の苦労を押し付けたままで申しわけなく思っております。わたくしなりに折につけ学友の知恵を借り、あるいは江戸の医師に相談するものの、いまのところ祖母の病に効く妙薬はないとのことにて残念でなりません。ただし医学が日に日に進歩していることは門外漢のわたくしでさえ実感するところであり、決して望みがないわけではありません。加えて市村は五石の加増を賜るとの由、その折には下女のひとりも雇い、母上の負担を軽くすることもできましょう。どうかそれまでご辛抱ください。わたくしも来年には帰国のお許しをいただき、数日なりとご苦労を代わって差し上げたいと存じます。長い梅雨もいつかは明けるものです、そう信じて心強く過ごされますよう、そしてくれぐれもお体にお気をつけください。

だが真次郎に返書をしたためる気力も、さとはすでに無くしていた。書けば愚痴の羅列になるか、元気を装うことになり、途中で筆を投げた手紙がいくつかある。母のことは案ぜずに学業に励めと書きたいが、それも嘘と分かってしまうようで書き切れなかった。

（真次郎は……）

きっと母の苦しみを分かっていて頻繁に手紙をくれるのだろう。似たような文面になるのは、そのことだけを案じているからで、優しい子だとさとは思っている。けれども手紙を閉じた途端に江戸との隔たりを感じて虚しくなるほど、もはや真次郎の言葉にさとを支える力がないことも事実だった。

たきは惚けて夢の中へ、自分はこのまま地獄へ落ちてゆくのだろうか。

（たきさえいなければ……）

どんなにすっきりすることだろう。いつしかさとは無意識にそう考えるようになっていた。たきが粗相をしたり夜中に叫声を上げると、決まってその言葉が脳裡を過《よぎ》り、このままでは自分がたきよりも先に狂い死ぬのではないかとさえ思った。

「いったい、あなたはいま何を考えているのですか」

あるときさとが訊ねると、たきはしばらくさとを見つめてこう言った。

「分かりません、わたくしには何が何だかさっぱり分かりません、ただ恐ろしくて悲しいだけです」

「悲しい？」

思いがけぬ言葉に、さとは声を上げて笑った。悲しいのはわたくしのほうで、恐ろしいのはあなたじゃありませんかと言おうとしたとき、しかしたきの目に溢れる涙が見えた。

「でも、何が悲しいのかは分からないのでしょうね……」

そのことがあって間もなく、夜に隣家の杉江がやって来て、できる限り我慢はしたつもりだがお付き合いはこれきりにしたいと言った。おそらくは舅か姑の言い付けだろう、杉江は眼を伏せたままさとの顔を見ようとはしなかった。

「お世話になりました、さぞかしご迷惑だったでしょうね」

さとが言うと、杉江は辞儀をして逃げるように走り去った。家に漂う臭気に堪えかねたようにも、良心の呵責に堪えかねたようにも見えたが、さとはもうどちらでもいいと思った。これでまともな人間との付き合いはなくなると覚悟しただけである。

頼れるものがすっかりいなくなり、僅かな干渉もされなくなったことで、あとはどうなろうと構わぬと思った。どの道、幸之進が帰国するころには自分もおかしくなっているだろう。

それからのさとは以前のように我慢をしなくなった。たきが無闇に叫声を放つと、負けじと叱声を返し、粗相をすると力任せに尻を叩いた。まるで母親が悪さをした子供を叱るようにである。違いは、たきの尻が干柿のように皺だらけなことと、まったく効き目のないことだけだった。

（いっそのこと、たきを殺して自分も死のうか……）

さとは真剣に考えるようになった。その前に市村の菩提寺へゆき、忘れていた久左衛門の一回忌の法要を済ませ、いずれ自分も入るであろう墓を清めておこう。そう思い立ってひとりで出かけたのが梅雨も終わりかけた六月だった。たきは戸締まりをした家の柱に縄でくくり付けておいた。

組屋敷から出るのは久し振りで、暗い雨雲の下を歩いていても気分はよかった。雨は沛然《はいぜん》として見窄《みすぼ》らしい姿を隠してくれたし、一粒一粒が体に染み付いた悪臭を削ぎ落としてくれるようでもあった。叶うなら、このままどこかへ逃げてしまいたい、そう思うほどさとは解放されていた。

ところがおよそ一刻後、住職とふたりで形ばかりの法要を営み、墓を清め、組屋敷の近くまで帰ってきたとき、さとが見たのは雨の中を徘徊しているたきの姿だった。

（どうやって縄を解いたのだろうか……）

咄嗟に脳裡に浮かんだのはたきが縄を食い千切る光景だったが、ふらふらと近付いてくるたきを見るうちに、さとはやはり逃れる術はないらしいと思った。

「さと、さとはおりませんか」

さとが仕方なく傘を畳むと、たきは仇でも見つけたように一散に駆け寄ってきた。

五

狂ったような残暑が終わり、やがて秋も行くと、城下の北西に遠く連なる山々にちらほらと白いものが見えはじめた。その嶺から吹き下ろす風は肌を刺すように冷たく、組屋敷でも立ち話をする人が減って広場は閑散としている。夜は家々が早目に戸締まりをするせいか、野中のように暗く静かだった。

その夜はとりわけ冷え込みが厳しく、さとは寒さのためにしばしば目覚めた。そしてとうとう寝覚めてしまうと、またいつものように同じことを考えはじめた。

（今度こそできるかも知れない……）

いや、決してしくじるまいとさとは思っていた。これまでにも幾度か試みはしたものの、その度に迷いが生じ、あるいは気後《きおく》れして挫《くじ》けるということを繰り返してきた。だが、いまほど充実した気力を感じたことはなく、不思議とたやすくできるような気がしたのである。

寝覚めるまでの浅い眠りの中で、さとはぼんやりと今日で終わるかも知れぬたきの生涯についても考えてみた。六十六年は長いとも短いとも言えぬが、さとの三十九年に比べれば十分に長いと言えるのではないか。そのうち二十一年は嫁を苦しめ、苦しめられてきた歳月である。惚けてからのたきの振舞いは自身が嫁であったころの過酷な日々を彷彿《ほうふつ》とさせたが、姑となってからはむしろ身勝手に過ごしてきたと言っていい。自分が義母にされたことを嫁にするのは、形を変えた仕返しか、あるいは義母からの刷り込みだろう。だとしたら、たきに大きな罪はないのかも知れない。

けれどもそのために、さとは二十一年も小さくなって暮らし、いまでは疲れ果てて魂が蛻《もぬ》けたような人間になってしまった。夫は言うに及ばず世間からも見放された嫁と、未だに当然のごとく嫁を扱《こ》き使う義母と、どちらが幸せかといえば道理も痛みも分からぬたきであって、その犠牲になるのはもう心底たくさんだった。

(今度こそ……)

思い切って夜具の上に身を起こすと、背筋に寒気が走ったが、さとは案外に落ち着いていた。障子越しに雨戸の隙間から差し込んでくる薄白い光が見えて、急がなければと思ったほどである。

軽い動悸と自分の息遣いが聞こえるほかは家の中は静まり返ってい、たきは寝ているようだった。そう思って見ると、みるみる増してゆく暁闇の光は夜が明け切らぬうちに事を済ませてしまえと急《せ》き立てているようでもあった。

立ち上がり、さとは衝立《ついたて》に無造作に掛けてあった綿入れを羽織った。それから万が一のときのために簞笥から懐剣を取り出して帯に挟んだ。自害はあとで着替えてから自室でするつもりだったが、たきが暴れることも考えられた。

襖を開けると、となりの茶の間から冷気が吹き込んできて、さとは身震いをした。どこから差し込んでくるのか、茶の間は仄かな光に溢れ、畳の縁《へり》までが見える。向かいにたきの部屋があり、さとは静かに襖を開けた。

その途端に重く湿った夜気に体を包まれ、白い光に目が眩んだ。暁の光と思っていたのは雪明かりで、目を凝らすとたきが雨戸を開けた縁側に座っていたのである。外は雪が積もり、舞い込んでくる雪がたきの頭や縁側にも薄く積もっていた。

（どうしよう……）

さとは息をひそめて眺めていたが、ややあってまた静かに襖を閉めた。このまま放っておけば凍え死ぬだろう、たまさか目覚めなければ知らずに済んだことではないか。茶の間に座り込んでからどれほどの時が過ぎただろうか、再び襖を開けると、たきはまるで残像のように、縁側に変わらぬ姿勢で座っていた。安らかな気持ちで雪を眺めているようにも、すでに凍え付いているようにも見えた。

さとはじっと見つめていたが、不意に胸が激しく波立ち、たまりかねて歩み寄った。

（お、お許しください……）

あわてて綿入れを脱ぎ、たきの背へ掛けてやると、さとは夢中でたきの体を擦《さす》った。するとまもなく、たきが静かに振り向いて言った。

「どなたさまか存じませんが、ご親切にどうも……」

そう言って微笑みかけた顔が、驚くほど優しく、まるで花の綻《ほころ》ぶようだった。

「いいえ」

とさとは震える声で言った。

「親切だなんて……」

はじめて見るたきの笑顔に、驚きを通り越して、さとはしばらく放心していたようである。

やがて目覚めると、何もかもが報われた気がする一方で、何という恐ろしいことを考えていたのだろうかと思った。優しい言葉をかけるでもなく、惚けることの悲しみも分からず、苦しめてきたのは自分のほうではなかったか。そう思い当たったときには、不思議とさとの心から憎しみは消えていた。

「雪が、お好きなのですか」

さとは去年の冬もそうしていたたきを思い出して言った。

「ええ、とても……」

とたきはまた静かに笑った。

「でも市村へ嫁いでからというもの、落ち着いて眺めたことは、ただの一度もありませんでしたよ」

「そうでしょうね……そのようなゆとりはなかったでしょうね」

さとは立ち上がると、たきの綿入れを取って戻り、膝にもかけてやった。たきは降りしきる雪を眺めて、飽きることを知らぬようすだった。雪はときおり座敷の奥にまで吹き込んできたが、畳へ落ちるより早くどこかへ消えてしまう一方で、たきの凍え切った体にだけはみるみる積もりはじめていた。

(ご親切にどうも……)

白髪に凍り付いた雪を丁寧に除いてやりながら、さとはたきの最期の一念を見たような気がしていた。幻のように仄かに光る雪明かりの向こうに、たきは自分の辿《たど》ってきた暗い道を見ていたのかも知れない。惚けなければ素直に礼も言えぬほど、家に縛られ、辛い思いをしてきたのだろう。だとしたら、せめて辛かった分だけ、老いて惚けて何が悪いだろうか。

(おかあさまは……)

きっと、わたくしが同じ道を辿らぬようにと念じて、救ってくださったに違いない。

そう思ったとき、さとはようやく姑と心が通じたような気がして、深い溜息をついた。

「どうぞお気のすむまでご覧あそばせ、もう何も案ずることはございませんから」

「……」

「それにしても、きれいな雪ですね」

さとは手をとめて、じっと雪を眺めた。いつの間にか大きく膨らんだ雪片は、ほとんどぶつかり合うこともなく、ゆっくりと白い庭へ舞い降りている。

たきはもう応えなかったが、その笑顔が見えるかのように、さとはひとことだけ付け加えた。

「まるで桜《はな》のようですわ」

椿山

一

城の外ケ輪裏から馬場通りを抜けると、馬の水飲み場があって、そこから道は寺町へ向かう本道と一段低い野畑へくだる野路とに分かれている。おそらく観月舎《かんげつしゃ》へ向かう塾生たちだろう、まだ浅い春の、柔らかな陽に包まれた行く手にぽつぽつと人影が見えるのは野路のほうだった。

この数日、城下は厚い雲に被われ、寒が戻るかと思われたのに、晴れ上がってみると菜の花がもう蕾《つぼみ》をつけていた。水飲み場から半町も歩くと、小川に石板を渡しただけの簡粗な橋があり、兄妹らしい百姓の子が畑に撒く水を汲んでいる。わざわざ道の端へ寄り、大人ならひと跨ぎの流れを助走して飛び越えると、才次郎《さいじろう》は青々とした畑を見回した。

菜の花の畑は道の右手に二町ほど広がり、その向こうは寺町の雑木林になっている。

左手の畑には葱が育っているが、菜の花に比べると殺風景なうえに濡れた肥担桶《こいたご》が道端に置いてあったりするので、その道を行くときの才次郎はほとんど右ばかりを見ている。寺町の雑木林の中から南へ向かって細々と流れる小川は、葱畑と竹林をいくつか越えた先にある田圃のための用水で、才次郎は未だにその水源も行き着く先も見たことはないが、水の役目だけは誰からともなく聞いて知っていた。

城下にはそうした小川がいくつもあって、田畑はもちろん軽輩の組屋敷や町家にも暮らしのための水を供給している。その大半は二十余年前に先代の藩主が入部してから作られたものだが、そこに藻が生え、泥鰌《どじょう》や田螺《たにし》が獲れるほど自然の摂理を営むようになったのは近年のことだと、才次郎は父の定右衛門《じょうえもん》から聞いたことがある。

三橋《みつはし》定右衛門は僅かに三十石をいただく祐筆だが、間違いなく人並み以上の学識を備えていると才次郎は思っている。古いうえに狭い家の納戸にはそれを証すだけの蔵書があるし、普段の物言いからも視野の広さがうかがえる。観月舎へ入門するようにすすめたのも、ただ単に高名で人気があるというだけではなかっただろう。

城下に私塾は多々あるが、観月舎は田中にあるにもかかわらず最も多くの塾生を集めている。その人気の源は、何といっても塾頭の津田淡水《つだあわみ》がときに藩主の侍講を務めるほどの見識者であること、そして子弟を預ける親にとっては費用がまったくと言っていいほどかからぬことである。淡水は微禄ながらも藩から俸禄を賜っているので、塾生に金品を求めることはなく、塾生のほうもそれぞれが家の都合のつくときに身分に見合った謝礼を届ける程度だった。それはまれに現金であることもあったが、たいていは麦やら魚、荒物やら蔬菜といったもので賄われた。淡水もそういうものは快く受け取ったが、それよりも国の将来を担える人材を育てることに熱心で、そのためには身分や年齢、性別も問わず、熱意のあるかなしかで入門を認めるという人だった。

塾生は男女の別で言えば、男子が百人、女子が三十人を越え、身分で言えば武家がおよそ八十、百姓町人が五十から六十を数えている。だがそれが限度であるらしく、新たに入門を希望するものは取り敢えず他の私塾に通いながら席が空くのを待つか、あるいは談判して入門の許しを乞うという具合だった。むろん淡水はそうした直談判《じかだんぱん》には応じたが、子と一対一で対面し、親の意見を受け売りするものは即座に断わり、逆に言葉に窮して震え出すものでも志さえ伝われば無理を承知で受け入れるというふうだった。そういう人だから、入門するとひとりひとりの素質や性格を見極め、辛抱強く教えるし、よほどのことがない限り破門することもなかったのである。

才次郎が運よく入門できたのは二年前の十二のときで、以来、身分も年齢もまちまちな学友と机を並べてきた。となりに百姓の娘が座ることもあれば、ときには二十代と思われる上士の子息が座ることもあった。

淡水はそれが当然のように、誰にでも分かるやさしい言葉で語りかけ、むつかしい言葉を遣うのは経書や古事記といった教本を講読するときだけだった。

淡水は儒学者であると同時に国学者でもあり、そして自ら歌人でもあったから、講書の内容は多岐にわたった。忙しくなると襖を取り払った敷居を跨《また》ぎ、片方の部屋の塾生には論語を、他方には万葉集を講義しながら、終わるころには歌まで詠んでみせた。そういう講義の中でやがて塾生たちはそれぞれに専念すべき目標を見出だし、儒学を捨てて国学を目指したり、逆に儒者を志したり、あるいは歌を詠みはじめるということが観月舎ではごく自然のこととして認められた。

いまのところ才次郎は儒学を中心に勉学しているが、国学にも興味があって、もう少し講義を受けてみたいと考えている。父にもそれはよいことだと言われた。

そして塾へ通うもうひとつの関心は、何となく気になっている淡水の娘だった。観月舎には淡水のほかに十二歳になる孝子《たかこ》という娘と下働きの女が住んでいて、孝子は幼年組の講義をするかたわら、国学を学ぶ、ひとりの塾生でもあった。母親は三年前に病没したので、才次郎は会ったことはないが、たいそう美しい人だったと聞いている。その面影が孝子に残っているそうで、そう言われて見ると佳人になりそうな気もしたが、いまはどちらかというと色黒で目が大きいだけの、容姿よりも学才のほうが目立つ娘だった。

それでも気になるのは、やはり師の娘だからだろうか。一年近く前になるが、孝子とは一度だけ席を並べたことがあり、才次郎はそのとき孝子が微笑《ほほえ》みかけてきたのをよく覚えている。むろん好意的な眼差しで、どうぞよろしくと言われたような気がした。

それだけの出会いでひとことも口は利かなかったが、才次郎も微笑み返し、あとは万葉集についての講義を聞いていた。ときおり目を側《そば》めると、孝子は自分にしか読めぬような文字で白紙の帳面をみるみる埋めてゆき、淡水の一言一句を必死の思いで聞いている才次郎とは出来が違うようでもあった。

（もっとも……）

あのころの自分には、国学ははじめて聞く土地訛《なま》りのようなもので、耳を澄まして聞き取るだけで精一杯だったと思った。それが少しずつおもしろくなってきたのは、淡水の指導がうまいこともあるが、やはり経書と違い、自国のことが学べるからだろう。

いずれにしても、いまの才次郎にとり、観月舎へ通うことは、さまざまな意味で胸のときめく日課となっていた。

（おや……）

菜の花畑の外れまできて、才次郎は行く手に怪しい気配を感じて立ち止まった。道はそこで二筋に分かれ、黒松の木立に沿って右へ行けば観月舎へ、葱《ねぎ》畑の中を左へ行けば半刻ほどで街道にぶつかり、やがて遠浅の海へ出る。

「やあ、早いじゃないか」

太い松の木陰から現われたのは植草伝八《うえくさでんぱち》といって、やはり観月舎の塾生だった。歳は才次郎よりひとつ上で、家は二百五十石の組頭という上士の伜《せがれ》である。

「幼年組で読み書きでも習うのか」

伝八は歩み寄りながら、面皰《にきび》のできた顔に薄笑いを浮かべて言った。そのくせ目付きは鋭く、大人になりかけた獣のような眼をしている。

「おはようございます」

と才次郎は丁寧に会釈をした。そして通り過ぎようとしたが、伝八はさっとその前に立ちはだかった。

「それでは返事になっておらんぞ」

「………」

「わざわざ待っていたんだ、答えてもらおうか」

理屈も言い方も強引で、才次郎は仕方なく言った。

「では申し上げますが、幼年組にではなく国学の講書を受けに参るところです」

「ほう」

と伝八はさらに身を寄せて、小刀の柄頭《つかがしら》で才次郎の鳩尾《みぞおち》のあたりをついた。歳はひとつ違うだけだが、伝八の体はぐんと大きかった。

「祐筆《ゆうひつ》の伜は女子の学問まで学ぶのか、いずれ親父の跡を継いで筆で仕えるつもりだろうが、それなら孝子にもできるぞ」

「急ぎますので失礼します」

才次郎が歩きかけると、おい、待て、と言って伝八はいきなり胸倉をつかんだ。

「話があるんだ、講書が終わったら椿山《つばきやま》まで来てもらおうか、逃げても無駄だからな」

「お話ならいまここでうかがいます、何でしょうか」

「ここでは言えん、分かるだろう……」

そう言って才次郎を睨《ね》めつけた眼が尋常ではなく、才次郎はひょっとして果たし合いの申し込みだろうかと思った。以前にも一度それに近いことがあって、そのときはうまく擦り抜けたが、今度こそそうはさせぬという気迫のようなものが伝八には感じられた。

（それにしても……）

伝八がなぜ自分を憂さ晴らしの標的にしたがるのかが分からなかった。顔付きや態度が気に入らぬというだけなら、いまこの場で殴ればすむことである。すると話があるというのは本当で、ただ殴るだけでは気がすまぬ恨みでもあるのだろうかと才次郎は思った。

「分かりました、ひとり対ひとりですね」

ややあって才次郎が訊ねると、そうだ、と伝八は乱暴に答えた。

「では講書のあとで参ります」

と才次郎は言った。仮に断わったとしても伝八が黙って引き下がるとは思えなかったこともあるが、才次郎は才次郎で伝八が父を侮辱したうえに、孝子を呼び捨てにしたことが気に入らなかったのである。

二

一刻ほどで講書が終わると、才次郎は一緒に帰ろうと言った塾生の誘いを断わり、ひとりで表へ出た。儒学の講書はときおり淡水に代わり、かつて観月舎で学んだ非番の藩士がすることがあり、今日は武具方の田村俊平が来ていたが、一足先に終わったようだった。

椿山は観月舎のすぐ横手にある防風林で、椿の大木が細長い土手に五、六十本は並んでいる。山と言うほどの高さはないが、木の丈が優に十間はあるので子供たちの間ではそう呼ばれている。幹の周りは太いもので七、八尺はあるだろう。

観月舎からは裏庭の木陰にある抜け道を通っても行けたが、才次郎はいったん塾舎の門を出て、道から黒松の木立の中へ入った。黒松はじきに途切れて、その先は小さな空き地になってい、椿山はその奥から葱畑のほうへ堤のような形に伸びている。椿はちょうどいまが盛りで、見上げると一面に鮮やかな赤い花が綻び、また足下に散ってもいた。

（伝八は……）

もう来ているだろうと思いながら、才次郎は土手を上り、幅二間余りの林を貫く小道を歩いた。道はやがて椿の実を集めに来る百姓がつけたもので、彼らにとって椿は防風のためだけではなく、実から油をとる作物でもある。大木に育ちすぎて地上にも根を張っているので、道はでこぼこして躓《つまず》きやすかった。

果たして植草伝八は山の中ほどで待っていた。が、才次郎が近付くと、不意に木陰からよく見かける取り巻き連中が出てきて伝八の背後に並んだ。

「よく来たな、逃げるかと思ったぞ」

伝八が笑いながら言うのへ、

「守らぬ約束ならしないほうがましです」

才次郎は落ち着いた声で言った。

「ともかく、お話をうかがいましょう」

言いながら逃げるならいまのうちだとも思ったが、一刻前に伝八の言ったことや卑《ひ》怯《きょう》な振舞いに対する怒りのほうが恐怖に勝《まさ》っていた。

「平侍の伜のくせに、そういう口の利き方が気に入らんのだ」

と伝八は歩み出て、醜いものでも見るような眼で才次郎を見つめた。

「身分をわきまえろ、同門の誼《よし》みで観月舎にいる間は見逃してやるが、一歩外へ出たら無礼は許さん」

「無礼を働いた覚えはございませんが、以後気を付けましょう、お話というのはそのことですか」

「いや」

伝八はさらに歩み寄ると、才次郎を見下ろすようにして続けた。

「孝子に近付くな、あいつはいずれおれの嫁になることが決まっている、虫のついた黒豆は食えんからな」

「……」

「分かったか」

才次郎は口を結んで黙っていた。伝八の言った黒豆というひとことが無性に卑しく聞こえ、孝子を侮辱していると思ったが、それよりも意外なことが二つあった。ひとつは孝子が伝八の許嫁《いいなずけ》であるらしいこと、そしてもうひとつは自分が孝子に近付いたと伝八に思われていることである。ときおり国学の講書で顔を合わせはするものの、孝子と親しく話したことはなく、伝八はどうしてそう思ったのだろうかと思った。

「おい、分かったのか」

伝八が声を荒らげるのへ、才次郎はきっと睨《にら》み返して言った。

「ひとつ、分からないことがございます、あなたはなぜご自分の許嫁を黒豆などと呼ぶのですか、あなたにとって孝子どのは恩師のご息女でもあるはずです」

「何だと、なまいきな口を利くなと言ったはずだぞ、孝子をどう呼ぼうとおれの勝手だ」

「そうでしょうか、孝子どのも先生も決して喜ばないと思います」

「きさま、覚悟のうえで言っているのだろうな」

伝八は素早く取り巻きに目配せすると、才次郎を取り囲んでおいてから、小刀を腰から外した。伝八に倣って取り巻きも小刀を椿の根元へ置くと、そのうちのひとりが、見ていた才次郎にも外せと命令した。みなが刀を外したということは、やはり総掛かりでくるらしかった。

「おれは虫が嫌いなんだ、とりわけ黒豆につく虫がな、早く支度をしろ」

袴の股立《ももだち》を取り、伝八がさらに歩み寄るのを待って、才次郎も小刀を外した。

「はじめからそのつもりだったのでしょうが、約束を違《たが》えるのは卑怯です、そもそも孝子どのに近付いたと言われる覚えはありません」

「言いたいことはそれだけか」

「そちらが仕掛けた喧嘩であることは忘れないでください、それだけです」

才次郎は言ったが、ことさらゆっくりと刀の下げ緒を椿の枝に結びながら密かに目論んでいた。

相手が五人なら負けても恥にはならぬだろう、だが伝八だけは痣《あざ》が残るほど顔を殴り付けてやろう。そうすれば、ただ黙って殴られていたとは誰も思うまい。そして伝八は勝ったとしても、堂々と顔を上げて歩くことはできぬだろう。

（黒豆などと二度と言わせん……）

刀を枝に結び終えて振り返ると、

「かかれ」

伝八が叫ぶより早く、才次郎は伝八に殴りかかった。ほかのものは眼中になく、ただ伝八ひとりを目掛けて突進し、頬骨のあたりに拳を見舞った。すると、それほど素早く才次郎が動くとは思わなかったのだろう、驚いて棒立ちになっていた伝八は避けようとしたものの、才次郎の拳のほうが一瞬早く的をとらえていた。

「うっ」

鈍い声を発してよろけた伝八へ、才次郎は左からも顔面を打ち据えた。だが次の瞬間には取り巻きに組みつかれ、体勢を立て直した伝八が眼の色を変えて歩み寄ってきた。

「きさま」

伝八が喚いて身構えるのを見つめながら、

（これでいい……）

才次郎は覚悟して歯を食いしばった。そこへ伝八の石のような拳が飛んできて、たちまち目の前が真暗になった。殴られた顔を戻す間もなく腹を殴られ、次は顎、また頬と殴られたが、才次郎は口の中が血に染まるのを感じながら、それでもやることはやったと思っていた。

（これで……）

少なくとも伝八は勝ち誇るわけにはいかない。いまは逆上している伝八も、家へ帰って自分の顔を眺めれば、それくらいの判断はつくだろうと思っていたとき、

「やめろ、やめないか」

遠くで誰かが叫んだようだった。

朦朧《もうろう》としはじめた意識で近付いてくる人の気配を感じながら、才次郎は最後の力を振り絞って片足を蹴り上げた。それが伝八の下腹に当たったらしく、呻き声を上げてうずくまる姿が見えた。

三

椿山の西側は蔓《かずら》に覆われた低い崖になっていて、その先は墾田《はるた》になっている。いまは苗をとる種芋が植えられているが、畑にはまだ芽らしいものは見えず、ただ透明な春の陽が幾筋もの畝《うね》に降りそそいでいる。やや西へ傾きかけた日に照らされながら、才次郎

と寅之助《とらのすけ》は椿の根に腰掛けて遠い森とその彼方に連なる山脈《やまなみ》を眺めていた。

「伝八を殴ったとなると、おまえもただでは済まぬかも知れんな」

「はい」

「しかし、なぜ助けてくれた」

「それは……」

寅之助は言いかけて小首をかしげた。才次郎が見つめても、日に焼けた顔で恥ずかしそうに笑うだけで、つまりは見るに見かねてということらしかった。

寅之助は観月舎で国学を学んでいる同門で、才次郎も幾度かは見かけている。先刻、才次郎が意識を失いかけたとき、叫びながら駆けてきた寅之助は、その鉄腕を振るい、取り巻きを一掃したうえに、歯向かう伝八を叩きのめしたという。そして伝八らが這《ほ》う這《ほ》うの体《てい》で逃げ去ると、才次郎を陽のあたるところに寝かせて側に座り、気が付くまで待っていてくれたのである。

寅之助の家は近在の朝比奈村にあり、椿山は家へ帰る近道だった。家は代々農業に従事するかたわら、陶器を作り城下で売るという、言わば半農半工だが、祖先が学問を好んだらしく、その流れがいまも寅之助の中に続いているらしい。着ているものや体付きは百姓の伜そのものだが、寅之助の風貌は陶芸や学問を通じて培《つちか》われた何かどっしりとして物静かなものを感じさせた。

「言い遅れたが、おれは三橋才次郎という」

腫れた口で才次郎が名乗ると、

「存じております、ときおり講書でお目にかかっておりましたから」

寅之助はまた静かに笑った。

「おれも顔は見知っていたよ、先生の問いに対して実にそつなく答えるものだと感心もしていた、それで名前も覚えていたんだ」

「いえ、そのようなことは……」

「しかも腕《うで》っ節《ぷし》もかなりのものだ、あの伝八と四人をひとりでやっつけたのだからな」

「それも違います、わたくしが来合わせたときには植草さまはもう力も尽きておられました、つまりは三橋さまの勝ちでございましょう」

「才次郎と呼んでくれ」

「はあ……」

寅之助は恐縮したようすで、しかし、どうしてこんなことになったのかと訊ねた。

「それが、おれにもよく分からん、喧嘩にたいした理由はいらんのだろうが……」

才次郎が孝子のことを思い出していると、

「ひょっとして……」

と寅之助が言った。原因は孝子さまのことではないかと、まるで伝八の言葉を聞いていたような口振りだった。

「なぜそう思う」

「以前、植草さまに孝子さまが冷やかされているのを見かけました、そのおり孝子さまがはっきりとこう申されました」

「……」

「わたくしはあなたのような無礼な人に嫁ぐつもりはございません、少なくとも学舎の庭で女子をからかうような人を敬うことはできません、と……」

「そんなことがあったか……」

「はい」

「それで伝八は？」

「ではどういう男がいいのだと言って、笑っておられました、あるいは孝子さまに密かに想う御方がいると考えたのかも知れません」

「しかし、それがおれということにはならんだろう、だいいち孝子どのはまだ十二だ」

「人を見る目に齢は関りないものと心得ます、要はいかに澄んだ目で見られるかではないでしょうか」

寅之助はそう言うと、少し言い過ぎたというふうに、すみませんと言ってうつむいた。

「それはそうだが……」

才次郎は寅之助の言うことがまんざら見当違いではないような気がしていた。もしもそうあってくれればと密かに望まぬわけではなく、そういう気持ちがことさら伝八への怒りを引き起こしたとも考えられた。

（しかし……）

一方で案外に深いかも知れぬ伝八の気持ちを思いやりながら、とりとめのない物思いに耽っていると、

「一度、村へ釣りにいらっしゃいませんか」

寅之助のためらいがちな声が聞こえた。

「検見川《けみがわ》の上流に人の知らぬよい釣り場がございます、そこでのんびりとお話をするのもよいかと……」

「ほう、そんなところがあるのか」

「はい、取っておきの釣り場ですが、才次郎さまなら、お教えしても惜しくはございません」

「才次郎だ、これからはそう呼んでくれ」

寅之助と親しくなれただけでも、伝八との喧嘩はまったくの無駄ではなかったと思いながら、才次郎はすがすがしい気持ちで付け加えた。

「どうやら寅之助とは気が合いそうだ」

だが、それからしばらくして、にわかに雨催《あまもよ》いになった道を急ぎ家へ帰ると、思いがけぬ事態が才次郎を待ち受けていた。すでに帰宅していた父の定右衛門が、見たこともない青白い顔で出迎えたのである。しかも才次郎の腫れ上がった顔を見ても驚かず、母の静江や弟の信三郎までが何かに怯えているように暗く沈んでいた。

「組頭のご子息と殴り合ったそうだな」

父の部屋へゆくと、さっそく定右衛門が硬直した顔で切り出した。

「先刻、植草さまから使いがあって経緯《いきさつ》は聞いたが、事実とすればとんでもないことをしたことになる、そなた、まこと伝八さまを殴ったのか」

「はい、殴りました」

才次郎は正直に答えた。父にはありのままを話すつもりでいたし、それだけ間違ったことをしたという自覚もなかったのである。

「ですが、謂《いわ》れのない喧嘩を売ってきたのは向こうです」

「たわけ!」

すかさず定右衛門が一喝し、その大声に才次郎は驚いて目を見張った。定右衛門がそこまで声を張り上げたことはなく、事態が三橋の家にとって重大であるらしいと、そのときになってはじめて気付いたのである。家同士の争いになったとき、三十石と二百五十石とではじめから勝負にならぬだろう。そう思い当たって見ると、血の気の失せた父の顔は当然のようにも思われた。

「思慮が足りぬにもほどがあるぞ、いったいそなたは何を考えて伝八さまを殴ったか、たとえ向こうに非があろうとも、三十石の伜ならこらえるのが筋であろう」

定右衛門の表情には、愚かな息子への怒りはもちろん、組頭を敵に回した不安がはっきりと表われていた。

才次郎は打ちひしがれて黙っていた。

「ともかく、詫びるなら早いほうがいいだろう」

ややあって定右衛門は力なく呟くと、改めて才次郎を見つめて、すぐに着替えるようにと言った。

「顔は洗うな、そのままでよい」

そのほうが伝八の父親も少しは許す気になるだろう、と定右衛門は考えたらしい。

日が暮れて人影の少なくなった道を、才次郎はいまになり体のそこかしこに激しい痛みを感じながら、父のあとについて歩いた。提灯《ちょうちん》を持つ父の背はすでに縮み、目は足下だけを見つめている。父の心中や、これから見るであろう伝八の笑い顔を思うと、才次郎の足取りも重くなる一方だった。

植草家は城の西ノ門にほど近い、外堀に面した屋敷町にあって、片側に長屋を備えた門は屋敷と呼ぶにふさわしい構えだった。定右衛門が訪《おとな》いを告げると、門番がしばらくそこで待つようにと応えた。しかしそれから小半刻ほど待たされ、ようやく小門が開くと、二人は玄関を素通りして夜の庭へ回された。

「かかる夜分に不躾とは存じましたが、取り急ぎお詫びなりと申し上げたく参じました」

庭先に土下座した定右衛門が言い、

「うむ」

その後ろから、才次郎は上目遣いに声のしたほうを見た。障子を開けた座敷には恰幅のよい男が横向きに文机に向かってい、これが伝八の父親かと思ったが、注意はすぐに少し離れて控えている伝八に向いていた。行灯《あんどん》の明かりに照らされた伝八の顔には、果たして両の頰に痣ができていたが、才次郎を見つめる鋭い眼差しとは逆に口元は愉悦に緩んでいるようだった。

「では詫びとやらを聞こうか」

ゆっくりと向き直った植草五左衛門《ござえもん》へ、定右衛門は改めて平伏した。それから、申し上げます、と心なしか震える声で言い、延々と詫び事を述べた。しかも喧嘩の原因には一切触れず、一方的に才次郎と親である自分が悪いというだけの卑屈な詫び方だった。

（これが父の本当の姿なのか……）

驚きと無念が入り混じり、才次郎は歯を食いしばって聞いていたが、しだいに道理すら曲げてしまう身分というものの存在と、これでもかとへつらう父の姿に怒りさえ覚えていた。

「まあ、よかろう」

と聞き終えて五左衛門がそう言ったときには、これでもう父の訥言《とつげん》を聞かずに済むのかと正直ほっとしたほどである。

「そのほうの心得に免じて不問に付そう、ただし互いの傷が治るまで観月舎へ通うことは罷《まか》りならん」

「はっ」

「むろん喧嘩はなかった、淡水どのにはわしからよしなに伝えておく、それでよいな」

そのひとことで五左衛門の関心が喧嘩の原因や結果ではなく家の体面にあるのは明らかだったが、定右衛門はさもありがたそうに恐れ入りますと言って平伏した。

それで五左衛門は満足したようだった。寅之助の名が出なかったところをみると、伝八はさすがに百姓にやられたとは言えなかったらしく、事は才次郎ひとりとの争いであったと父親には告げているらしかった。その伝八が五左衛門の陰で白い歯を見せているのを認めながら、才次郎は父に従って辞去した。

屋敷を出ると、定右衛門は門扉に向かって一礼し、それからひとつ太息《ふといき》をついて歩きだした。父のあとについて堀端の道を歩くうちに、才次郎は堀の水面を叩く微かな雨の気配を感じて立ち止まった。

雨はまだほんの小降りだが、水面にはまるで激しい降りのように小さな輪を次々と拵えている。が、腫れ上がった顔にはほとんど感じられなかった。

(伝八め……)

見るともなしに堀を眺めていると、

「よかった」

と定右衛門が呟いた。

「これでひとまず安心だ」

定右衛門は振り向くと、才次郎が並ぶのを待って続けた。

「植草さまが穏やかな御方で助かったが、ひとつ間違えば大事《おおごと》になるところだった」

才次郎は黙っていた。植草家で見た父の素顔が脳裡に焼き付き、何がよかったのかも分からなかった。

「いずれにしても喧嘩は相手を見てせんとな、たとえ勝負には勝ってもあとで大怪我をすることになる」

「……」

「ま、危うきに近寄らず、それが一番だろう」

いつもの落ち着きを取り戻した声で、定右衛門は間断なく話し続けたが、才次郎は一度はいと答えただけで、あとはもう聞いていなかった。惨めな気分に追い討ちをかけるようにいきなり激しくなった雨の中を黙々と歩きながら、父は負けたがおれは負けていないと思っていた。

（勝ったのは身分で伝八ではない……）

そのことをいつか必ず伝八に思い知らせてやる。家に着き、床に就いてからも、才次郎はそう思い続けていた。

四

そのために何をどうすればよいのかは見当もつかなかったが、才次郎の胸の中に出世という志が宿ったのはそのときからだった。

身分に勝つためには自分も大きくならなければいけない。いずれお役目をいただくまでは剣に学問に打ち込むしかないが、ときが来たら、おれは必ず伸《の》し上がってみせる。そのために、いまのうちに心身だけは鍛えておこう。思い付くのはそれくらいのことだった。

だが観月舎を休んでいる間に、才次郎は自分には剣よりも学問のほうが遥かに向いていることを自ら道場に通って確かめていた。才次郎は八歳のときから城下の丸茂道場で神道流を習い、いまでは上から数えたほうが早い席次にまで昇っていたが、師範代の三谷軍兵衛にはまだまだ粗いと言われている。

「心を澄まし、体の力を抜いて自然に構えろ、それでは戦う前に力を使い切ってしまうぞ」

粗いというのは余分な力や動きが多いということで、そのうち半分は体が覚えてしまった癖であり、残りは未熟なために起こる無駄な動きである。未熟さは稽古で克服できるとしても、癖は直そうとすると力が半減し、却って弱点を生むことになりかねない。それをあっさりと直せるのが才能で、才次郎は自分にはそこまでの天分はないと見極めていた。仮にあったとしても、いまの世に武芸で身を起こすのは至難だろう。藩内では辿り着ける地位も限られている。それなら学問の才を生かすほうが出世の道は開けるかも知れないと思った。

伝八との喧嘩の日から十日ほど過ぎたある朝、父の出仕を見送ると、才次郎は思い立って朝比奈村へ向かった。寅之助に一度、釣りに来ないかと誘われていたのを思い出したのである。そのころには顔の腫れもだいぶ引いていたので、誰かに出会ったとしても病後の足馴らしとでも言えば済むはずだった。

ややや遠回りにはなるが、才次郎は観月舎を避けて、外ケ輪裏の北側にある鉄砲町の先から葱畑の中の道を歩いた。空は西の低空を除いて八分方が晴れ渡り、力強い日差しが畑の畝をくっきりと照らしている。しばらく見ることのなかった畑には、はち切れそうに膨らんだ葱が先端に白い葱坊主を並べてい、遠い寺町の方角には菜の花が一面に咲いているのが見えた。

小半刻ほどで朝比奈村へ着くと、才次郎ははじめに行き合った百姓に訊ねて、寅之助の家を訪ねた。運よく寅之助は家にいて、才次郎を見ると何やら懐かしげに顔をほころばせた。聞けば国学の講書は休みだという。

「今日は手伝いはこれくらいにして、三橋さまを要《かなめ》ケ淵《ふち》へご案内して差し上げなさい」

庭先に素地《きじ》の器を並べていた寅之助の父親は、才次郎に向かって辞儀をすると、振り向いた寅之助へ元は武家ではないかと思われるほど美しい言葉遣いで言った。

要ケ淵は、検見川が山間《やまあい》から平地へ流れ出るしばらく手前にあって、そこで支流と出合うためにできた淵であるらしかった。支流は鬱蒼《うっそう》とした樹間を流れてくるので、検見川と作る扇の形ははっきりとは見えないが、水源はひとつで、山の中腹から二手に分かれる湧水が雨水を加えながら、それぞれの方角から山を下ってくるのだそうである。

そこまで来ると谷川と言ってよい風情の両岸には木立から這い出たように熊笹が群生していて、ところどころにある大きな岩に二人は並んで腰掛けていた。半町ほど川下には蔓を巻いた雑木が両岸から太い枝を伸ばしていて、急に行く手が暗くなるせいか、城下から来る釣り人はたいていは険しい道を予想して引き返してしまうという。

「そういうことでしたか……」

寅之助は呟くと、才次郎が魚に餌だけをとられた釣糸をたぐって釣針に新しい虫を付けてくれた。

「あの岩の下に刃物でえぐったような深い淀みがございます、流れに惑わされぬよう浮子《うき》の動きをよく見て、来たと思ったときは迷わずに引くことです」

「うむ、やってみよう」

「しかし、強引な話ですね」

寅之助が嘆いたのは、やはり伝八と孝子との間には縁談があって植草家が乗り気であるらしいこと、けれども津田淡水のほうが二の足を踏んでいるということだった。津田家にすれば孝子に婿をとるのが筋であり、学才も品性も乏しい伝八に一人娘をくれてやる理由はないだろう。それを植草家は賢才の血筋がほしいのか、強引に押しすすめているらしいと、才次郎は事件があった翌夕に血相を変えて駆け付けてきた母方の伯父の小山栄蔵《こやまえいぞう》から聞いていた。勘定方に勤める伯父は、その日、突然に上役に呼ばれて組頭と面倒を起こさぬようにと釘を刺されたそうである。

「おれはな」

と才次郎は言った。

「表と裏のある奴は嫌いだ、相手に負けを認めさせておきながら搦《から》め手から攻める必要がどこにある」

「まったくです、喧嘩の経緯からいってもそれはあんまりです」

と寅之助も言った。

「しかし、わたくしのところへは何も言ってまいりませんが……」

「それは伝八がおまえに殴られたことを隠しているからだ」

「……」

「親が親なら子も男らしくない、伝八の家はそういう家なんだ」

だがなと言ったとき、浮子が沈み、才次郎はあわてて竿を上げた。だが今度は餌こそとられなかったものの、やはり引きが遅いらしく魚はかからなかった。

「おれは伝八に負けたとは思っていない、世間の目から見れば負けかも知れんが、それならそれで考えがあるんだ」

才次郎はまた岩陰の淀みに釣糸を垂らして続けた。

「つまりは出世して伝八や世間を見返してやる、そのために、これからは生半可な気持ちは捨てて学問に精進するつもりだ、いや、学問だけではない、役立つものなら算盤《そろばん》でも何でも学ぶ、そしていつか必ず……」

植草家で味わった屈辱を思い返しながら浮子を眺めていると、ややあって眼の隅に寅之助がじっとこちらを見つめる気配が感じられた。寅之助はためらいがちに言った。

「わたくしにはお武家さまの世界はよく分かりませんが、才次郎さまならきっと何かを成し遂げるような気がいたします」

「才次郎だ、そう呼んでくれ、おれは身分で友を分けたくはない」

「はい」

と言ったが、寅之助の声にはまだ深い戸惑いがあるようだった。けれども、そういう小さなことが大切であるように思われ、才次郎は浮子から寅之助へ目を移して言った。

「おまえとは、これからずっと遠慮のない仲でいたいんだ、どっちが偉いとか家柄がどうだとか、そういうことで決まる付き合いはしたくない、だから才次郎と呼んでくれ……それが厭なら、付き合いは断わる」

「分かりました……」

寅之助はうつむいていた顔を上げると、

「ところで、才次郎」

と言った。

「腹が空かないか」

「そういえば空いたな、魚にばかり餌を食わせて自分の腹を忘れていた」

「こんな調子でよろしいでしょうか」

「うん、その調子だ、そのほうがずっといいぞ」

二人は顔を見合わせて笑った。寅之助が持参した握り飯を分け合って食べるうちに、陽はますます強くなり、澄んだ川面を真上から照らしはじめていた。その光が流れの速いところでは四方に散って、小魚の群れがいるかのように輝いている。比べて要ケ淵の水面は至って穏やかで、そこだけ眺めていると深い池のようにさえ思えてくる。

「しかし、何だな」

才次郎はまた釣糸を垂れて言った。

「先生にしろ孝子どのにしろ迷惑な縁談を持ちかけられたものだ、伝八の親父はいずれ中老になるだろうと言われている人だし、先生も無下には断わり切れなかったのだろう」

「ですが、それでは先生の跡を継ぐ人がいなくなります、藩の学問所ならともかく観月舎は私塾ですから、孝子さまに婿を迎えるのが筋かと思います」

「道理はそうだが、植草家はそういうことは気にせぬらしい、伯父の話では藩内にかなりの人脈を持つらしく、いまでは飛ぶ鳥も落とす勢いだそうだ」

「………」

「その伜を殴って無事でいられるほうがおかしいのかも知れん」

だが伝八は人間の屑だ、そう言ったとき、浮子がぴくりと動き、才次郎は思い切り竿を上げた。と同時に竿がしなり重い手応えがあった。

「きたぞ、寅之助」

才次郎が叫ぶと、そのまま、そのままと寅之助が言った。寅之助の指図でゆっくり竿を上げてみると、深い淵の底から身を光らせて現われたのは意外に大きな魚だった。

「ややっ」

と寅之助が歓声を上げた。

「これは見事な、やりましたな」

「そうか、やはりでかいか」

「はい、それはもう、このような山女《やまめ》は滅多にかかるものではございません」

いるものですなあ、と寅之助は本当に驚いたように言って、魚籠《びく》に入れた一尺近いその姿をまじまじと眺めた。才次郎も嬉しくなって覗き込んでいたが、やがて魚籠の中で苦しげに暴れはじめた山女を見るうちに、

「逃がしてやろう」

不意にそう思い立って言った。いざその手で捕えてみると、山女は腹へ入れてしまうには惜しい気がしたのである。

「そうしよう、こいつはわざとおれのような下手《へた》にかかってくれたような気がする、それだけで十分だ」

才次郎が言うのへ、寅之助は微笑みながら小さくうなずいた。水へ放してやると、山女はあっという間に姿を消したが、すがすがしい気分だった。

「なあ、寅之助」

才次郎は振り向いて言った。

「おまえと知り合えてよかったよ」

「わたくしもです」

寅之助の澄んだ眼に、才次郎はうなずいてみせた。この男は、きっと生涯の友になるだろうと思っていた。

二人はそれから釣り上げた魚もみな川へ返してやって、半刻後には空の魚籠をぶら下げて家路についた。それでも才次郎の心は満たされていた。寅之助が、荒れていた心の流れを素早く察してくれたこともあるが、逃げ場のないものの命を救ったことで、固く閉じかけていた気持ちがほぐれたのだろう。

（おれは伝八とは違う……）

いつしか西へかたむきかけた日の下を歩きながら、才次郎は久し振りに孝子の笑顔を思い浮かべていた。

五

ひたすら勉学に打ち込むようになってからの才次郎はみるみる学才を伸ばしたが、それも伝八の気に入らなかったらしく、やがて毎日のように小さな嫌がらせを受けるようになった。塾舎の廊下で擦れ違いざまに脇腹をつつかれたり、足を払われたりということである。けれども才次郎は決してその場では怒りを顔に出さず、かたくなに無視し続けた。

それにもかかわらず帰り道に落し穴を掘られ、膝まで肥《こえ》に漬かることもあったが、最後には相手が気勢をそがれて黙り込むほど沈然としていた。そこまでする伝八や取り巻きを軽蔑するだけで、むしろ心の中では優位に立っていたのである。

そういう才次郎に業を煮やし、伝八は熱《ほとぼ》りがさめたとみるなり、また椿山に呼び出したが、才次郎は殴られるだけ殴られて黙っていた。臆病者という意味のことを、下卑た言葉で罵りながら去っていった伝八の気配だけを覚えている。だがそのときを最後に、伝八はつまらなくなったのか、才次郎にはほとんど目もくれなくなった。

才次郎はすでに目先の些事には興味を失っていたから、父母に顔の傷や衣服の汚れについて訊かれても伝八のことは黙っていた。話したところで、よく我慢したと言われるのが落ちである。それよりも、いま本当に戦うべき相手は自分自身であり、勝敗が決まるのは遥か先のことだと思っていたし、そう心を決めてしまうと、不思議と伝八という男が小さく見えてきたのである。

ただ寅之助にだけは真実を話した。それで気分は晴れたし、過ぎたことにいつまでも心をとらわれている暇はなかった。そうして上辺《うわべ》だけは丸くなった息子を、父の定右衛門は何となく気味悪く感じているようだった。

(父には分からぬことだ……)

才次郎は冷めた目で、密かにそういう父を見返していた。二人で植草家を訪ねたときから、定右衛門を見る才次郎の眼も変わっていたのである。

いつしか椿が実を結び、その実も落ちるころになって、才次郎は講書のあとで師の津田淡水に呼ばれた。突然のことで不審に思いながら母屋へ行ってみると、果たして意外な話が待ち受けていた。

「そなた、孝子をどう思う」

茶菓を運んできた下女が去ると、淡水はいきなり切り出した。

「つまり、女子としてだが……」

「それは……」

才次郎が口籠ると、淡水は茶を飲むようにすすめてから、植草伝八との諍《いさか》いは承知しているとも言った。そして植草家との間にすでに縁談があるが、いずれは断わることになるだろうとも言った。それで用件はおおよそ呑み込めたが、淡水の考えは才次郎が咄嗟に期待したこととは少し違っていた。

「孝子には世間の習わしよりも遅く、できれば時をかけて婿を探すつもりでおったが、そうもしておられぬ状況でな」

「……」

「五年もすれば孝子は見かけは一人前になるだろう、その前に決めておかねばならぬ」

そう言うと、淡水は珍しく深い溜息をついた。それだけ植草家の圧力が強いのだろう。

「ありていに申せば、将来、弟御に家を譲り、津田家の婿になる気があるかどうかということだが、むろん返事はいますぐでなくともよい、ただそういう気持ちが少しでもあるかどうかを知っておきたい」

戸惑う才次郎へ、もっとも婿の候補はほかにも幾人かいて、その中から決めるつもりだと淡水は付け加えた。つまりは観月舎の将来の塾頭を選ぶということで、家柄よりも学才と人物を見極めて決めるということだろう。

伝八に嫁がせるくらいなら孝子を嫁にとすすめられるのかと思った期待は外れたが、いずれにしても降って湧いたような話で、

「しばらく考えさせてください」

と才次郎は答えた。だがそう言った心の中では、あるいは孝子を伝八から奪えるかも知れぬという希望が生まれていた。

「むろん、そうしてもらいたい、最後にはご尊父の許しもいることゆえ、慎重にな……」

淡水の声を遠い囁きのように聞きながら、才次郎はほとんど無意識に孝子と出世の両方を手に入れる法はないものかと思った。植草家との軋轢《あつれき》を別にすれば、三橋家にとっても悪い話ではないし、それ以上に孝子は魅力のある娘である。

そのことを、才次郎は父にも母にも相談せずに、十日ほどひとりで考えた末に淡水にはこう言った。

「孝子さまを妻にすることはもちろん、そのために弟に家督を譲ることにも異存はございません、ただし津田家を継がせていただけるのであれば、まずは当主として御家に仕えたいと存じます」

「だが、それでは観月舎のほうが疎かになりはしまいか、どちらも片手間でできることではあるまい」

果たして淡水は難色を示したが、才次郎は落ち着いて続けた。

「先生はまだお若く、五年後に孝子さまに婿を迎えたからといってご隠居なされるお歳ではございません、また誰であれすぐに先生の代わりを務められるものでもありません、つまり講書は引き続き先生がなされるよりほかないものと心得ます、そして十年後、あるいは二十年後に跡を継がせていただくのが妥当ではないでしょうか」

「………」

淡水は少し間を置いてから、そうかと呟いた。それからまた少しして、

「そなたの考えは分かった」

と言い、なぜお役目に就きたいのかは訊ねなかった。

才次郎は平伏すると、淡水が引き止めるようすもないので部屋を出た。後継者として期待されながら出仕を望んだことを、先生はどうお考えになられただろうかと思ったが、そのときは淡水の表情に大きな不満はないように思われた。

それから数日が経ち、才次郎は国学の講書で孝子と会った。孝子が空いていた才次郎のとなりの席に座ったのである。孝子は以前にもそうしたように、ちらりと才次郎を見て微笑むと、淡水から才次郎との話を聞いたものか、恥じらうように面《おもて》を伏せて頬を染めた。

(黒豆どころか……)

耳まで赤くした横顔はまるで白い椿が染まるような印象だった。

きっと佳人だったという母親のようになるに違いないと思っていたとき、遅れて入ってきた寅之助がうしろの席に座り、才次郎は振り向いておはようと言った。

「おはようございます」

と寅之助も明るい声で応えた。

「どうした、遅いじゃないか」

にわかに身近になった孝子の気配を感じながら、才次郎はすがすがしい気持ちで言ったが、淡水と話したことや孝子への想いは寅之助にも言うまいと思っていた。言えば密かな夢が夢でなくなり、果ては叶わぬことになるような気がしたのである。

六

季節が二度巡り、才次郎が十六歳で元服した春に、弟の信三郎が十歳で観月舎に入門した。それまで通っていた野田塾が師範の突然の病死で門を閉じ、塾生が方々の塾へ散る中で、観月舎へはただひとり入門を許されたのである。

この二年の間に才次郎は観月舎でめきめきと頭角を現わし、同齢の塾生の中では最も学才の輝く存在となっていた。むろんそれだけの努力を重ねてきた結果で、信三郎の入塾にも少なからず影響を与えたかも知れない。しかし、そうして新たに入るものがいれば、一方では自ら出てゆくものもいた。植草伝八もそのひとりだった。

信三郎の入塾が決まって間もなく、伝八は観月舎をやめた。人伝《ひとづて》に聞いたところでは小姓組の見習いとして三月から出仕することが決まり、学業どころではなくなったらしい。

同じころ藩の筆頭家老がかわり、重職の入れ替えがあった。筆頭家老の交代はやや早いという印象はあるものの、ほぼ定期的なもので、新たに筆頭家老となった長田健蔵《おさだけんぞう》が停滞する藩経済の立て直しに主眼を置いた政策を打ち出し、それに取り組むための執政交代ということらしかった。そして、その中には好機を逸すことなく中老に昇った植草五左衛門の名もあった。

父親が中老となったことで、伝八もそろそろ世に出て親の用意した出世の糸口を摑んでおけということかも知れない。一足先に世の中へ出る伝八を、才次郎はいずれは追いついてやるという思いで見送ったが、父の定右衛門はまったく違う感想を持ったようだった。

「いやはやたいしたものだ、この二十年の間にご中老に昇られたのは植草さまただおひとり、そのご子息を殴ったのはおまえひとりであろう、人にこそ言えぬが末代までの手柄話になるぞ」

定右衛門の声が弾めば弾むほど、才次郎はそういう父を改めて軽蔑し、何も言わぬ母が内心ほっとしているであろうことだけを妙に大人びた気持ちで受け入れた。

静江は女子にしても臆病なほうだが、若いころは快活な娘であったらしく、その後の性格形成に夫となった父の影響がかなりあったのではないかと才次郎は思っている。いつだったか、それに近い感想を母方の伯父から聞いたことがある。子供のころには頼もしく見えた父の裏側を母が知らぬはずがなく、小心な父の姿に息子が気付いたことも、母は当然知っているのではないか。

　春も終わりかけたある夜、才次郎が自室で算盤の稽古をしていると、その物音が聞こえたものか静江がやってきて、ちょっとお話があるのですがと言った。定右衛門も信三郎もすでに床に就き、母だけが茶の間で内職をしている時刻だった。

「いつも算盤の練習をしているようですけれど、何か考えがあるのでしたら、母にだけは教えてもらえませんか」

　裁縫の内職をしていた茶の間の片隅に才次郎を座らせると、静江は小声で言って不安げな眼を向けてきた。行灯の片側を衝立《ついたて》で塞いだ薄暗い光の中で見ると、その顔は痩せて皺が増えたように見えた。

「別に何もありません」

　と才次郎も声をひそめて言った。

「覚えておいて損はないと思っただけです」

「本当にそれだけですか」

「はい、音がうるさいようでしたら、これからは頭の中でするようにいたします」

「そういうことではないのです」

静江はまるで泣きたそうに眉を寄せると、言葉を継ぐ前に二度三度と吐息をついた。

「算盤のことが気掛かりで言うのではありません、そうではなくて……あなたが父や母に何か大事なことを隠しているのではないかという気がしてならないのです、違いますか」

「いいえ」

と才次郎は答えた。

「そのようなことは何もございません、だいいち、この狭い家で隠し事などできるものではありません」

「でも……」

静江の表情は深く曇ったままで、やはり母親としての鋭い勘がはたらくらしかった。

「相変わらず苦労性ですな、わたくしが母上に隠し事をして何になります」

そのように見えるとしたら心外です、と才次郎は言ったが、母の不安が分からないわけではなかった。ただ、いまはそういうことに捕われているときではないと思った。父と違い、自分には志があり、そのためには些事は切り捨ててもやらなければならないことが山ほどある。その結果、志を遂げれば決して母を悲しませることにはならぬだろう。

「それならいいのですが……」

まだ不安の残る顔で見つめた静江へ、才次郎はもう寝ますと言って立ち上がった。ご心配をおかけしてすみません、そう胸の中で呟きながら部屋へ戻ると、間もなく静江がまた内職をはじめたらしく微かな衣擦《きぬず》れの音が聞こえてきた。まるで苦労を紡ぐようなその音は、その夜才次郎が眠るまで絶えなかった。

明くる朝、才次郎は登城する植草伝八を見かけた。というよりは一目その姿を見てみようと思い立って、西ノ門の近くの木陰で待ち伏せたのである。案の定、伝八は見習いの身分でありながら古参の人々よりも遅れて現われたが、遠目にも身なりは立派で腰の黒鞘が輝いて見えた。だがそれだけだった。密かに期待し、あるいは恐れていたほどの風格はなく、伝八との距離が開くにはまだ間があると才次郎は思った。

人の流れが途切れるのを待って、才次郎はその足で観月舎へ向かった。講書のはじまる時刻には間があったが、椿山で家から持ち出してきた古史通《こしつう》の写本を読むつもりだった。

日中は家の中よりも外のほうが明るいし、晴れてさえいれば気分もよいので、ときおり椿山でそうして時を過ごすことがある。かなり前に椿の花は散り尽くし、いまは風に葉が揺れるだけだから、気を取られることもないだろう。

むかし伝八と殴り合ったあたりで椿の根に腰掛けると、東の上空から照り付ける日の光はもう盛夏を思わせるほど眩しかった。葱を収穫したあとの畑には大根だろうか、何かの新芽が並んでいる。その端から一本の野路が馬場通りへ向かって伸びていて、遠くまで見通せたが、まだ塾生の姿は見えなかった。

しばらく膝の上に古史通を広げて読んでいたとき、不意に横笛の音が聞こえてきて、才次郎はおやと思った。見たこともない、どこか山奥の谷川の流れのように澄んだ音色だった。才次郎は思わず立ち上がり、あたりを見回すと、笛の音のする南側のほうへ歩いていった。

椿山の南側はいくらか広くなっていて、その分、木と木の間隔があいている。が、頭上の枝は交錯するほど伸びているので、足下が明るくなるほどではなかった。ただ朝夕の陽はよく差し込むらしく、土は幾分乾いている感じがした。

才次郎は努めて足音を立てずに歩いた。誰か知らぬ吹き手に気付かれぬよう、かなり間近にまで近付くと、西側の土手にいるらしい相手を椿の陰から覗いてみた。しかし相手も太い幹の陰に隠れて姿は見えなかった。仕方なく、才次郎はそこでしばらく笛を聞いていた。やはり美しい調べだった。

（誰だろうか……）

歩み出て声をかけるべきかどうか思い悩むうちに笛の音がやみ、やがて足音が近付いてきたので、才次郎は思い切って道へ出た。ところが、気持ちが前へ出ていた分だけ勢いがつき、出会い頭に相手とぶつかりそうになったのである。

あわてて身をひるがえすより早く、

「きゃっ」

と声をあげたのは女だった。女は咄嗟に飛び退いて顔を背けたが、何事も起こらぬらしいと分かると、ゆっくりと向き直って才次郎を見た。

「三橋さま……」

まだ波立っている胸元を掌で押えて言ったのは孝子だった。

「すまん、あ、いや、その先で本を読んでいたら、笛の音が聞こえたものだから……」

「ご本を……」

「驚かすつもりはなかったのです、いや、むしろわたくしのほうが驚いている、まさか孝子どのとは思いませんでしたから」

才次郎は自分でも呆れるほどしどろもどろに応えた。それがはじめて孝子と交した言葉だった。

十四歳の孝子はもう娘ではなく、女子と言ってよかった。しかも美しい女子である。あるときすっと色が抜けたように肌が白くなったことに、才次郎はだいぶ前から気付いていたが、間近に見る孝子は一段とふくよかになり、それでいて清楚な匂いに包まれていた。

才次郎が見るともなしに見とれていると、

「何のご本ですの」

孝子はもう驚いたことを忘れたように落ち着いて言った。

「古史通です、白石公の……」

「古史に興味がおありなのですか」

「はい……いいえ、家で見つけてどんなものかと……」

「三橋さまは正直ですね」

孝子はくすりと笑った。笑うと微かに縮む眼が澄み切っていて、才次郎も誘われて微笑した。

「それにしても見事な調べでした」

「いいえ、まだ未熟でとても人さまにお聞かせするようなものでは……」

「いや、立派なものです、是非ともまた聞かせていただきたい」

「でも……」

孝子は呟くと、誰かに見られているのではないかというふうに、あたりを見回した。だが人影のないことを確かめると、思い切った感じで言った。

「もしもこの時刻でよろしければ、わたくしは毎朝ここで笛を吹いております」

「分かりました、雨やら風の日もあるでしょうから毎朝とはいきませんが、わたくしもここで本を読むことにいたします、そうすれば……」

これからは会いたいときに会える、そう思うと胸が躍り、才次郎はじっと孝子を見つめた。

待ち切れぬ思いで、もうひとことたしかな返答を待っていると、孝子は心を決めたかのように小さくうなずいてから言った。

「くれぐれも、ご本をお忘れにならないでくださいましね」

七

「おい、才次郎」

寅之助に呼ばれて振り向いた瞬間、強い日差しが目に入り、才次郎は目を閉じた。赤い瞼の裏側に映った寅之助の残像は、仁王立ちになって何かを掲げているようだった。

「たっぷり採ってきたぞ」

ややあって目を開けると、寅之助はとなりに腰を下ろして餌箱を差し出してい、

「ほう」

と才次郎は言った。蓋を開けた餌箱の中には小さな川虫が蠢《うごめ》いている。

「どれ、生きのいいのに替えてみるか」

才次郎はさっそく竿を上げて、蜉蝣《かげろう》の幼虫を一匹つまんだ。

その年の夏、寅之助は頻繁に才次郎を釣りに誘った。遠からず家業の陶器作りを継ぐことになるので楽しめるうちに楽しんでおこうという魂胆だったが、目当ては釣りそのものよりも才次郎との語らいにあるらしかった。

もっとも、どちらかというと寡黙な寅之助は聞き役に回ることが多く、何かを言いたそうで言えぬようでもあった。逆に才次郎は孝子とのこと以外は何でも話したが、寅之助はその半分も話さなかったろう。

餌を替えた途端に強い食い付きがあり、岩魚《いわな》を釣り上げたところで、才次郎は言った。

「寅之助、おまえ、学問は続けるつもりか」

「むろん、そのつもりだ」

「しかし家業を継ぐとなると……」

「うむ、これまでのように思うようにはできんが、少しずつやるさ」

「何のためにだ」

「そうだな、自分のためにかな」

「……」

「おまえは？」

「自分のためと言えば自分のためだが、おまえとは少し違う……武家は出世しないと言いたいことも言えんし、暮らし向きもよくならんからな」

「学問で出世が叶うのか」

「いや、それだけではどうにもならん、淡水先生がいい例だろう、御上の侍講を務めても俸禄は知れている」

もっとも尊敬はされているが、と才次郎は思った。だがそれも下士や町人にで、上士になるとやはり身分の差が先に立ち、心の底から敬うものがどれほどいるかは疑問だった。

（あいつらは……）

才次郎はまた針に餌をつけて、流れの淀んでいる岩陰のあたりを目掛けて投げた。岩を挟んで反対側に、先刻から寅之助の浮子が少しも動かずに浮かんでいたが、寅之助はじっと見ているだけで場所を変えるつもりはないらしかった。

「それはそうと……」

どこか緩慢な寅之助に痺《しび》れを切らして、才次郎は訊ねた。

「おまえ、何か話したいことがあるんじゃないのか」

「いや、別に……」

寅之助は低い声で答えると、釣竿を右手に持ち替えて、びくともしない浮子を淀みから流れのほうに引いた。実はな、といまにも言い出しそうな気配だったが、やはり黙っていた。

「そうか……」

「……」

「しかし何だな、お互いにこれからが大変だな」

目を側《そば》めると、寅之助は浮子を見つめたまま微かにうなずいたようだった。

「焼物は土が相手だからまだいいが、おれの相手は人間だから厄介だよ」

「……」

「だが、おれは負けん、親父のようにはなりたくないんだ、分かるか」

そのとき、寅之助が不意に立ち上がったので才次郎はぎくりとした。

「なあ、才次郎」

「何だ」

「すまんが今日はこれで帰ろう、どうも気が乗らんのだ」

「そうか……」

すでに糸を巻いている寅之助を見て、才次郎も竿を上げた。すっきりとしない胸に、寅之助が何かしら思い悩んでいることだけが明らかだった。

その後も同じようなことが幾度か続き、やがて夏が終わると、寅之助は塾を休むようになった。焼物の修業が忙しくなったのかも知れなかったが、年内は通うつもりだと言っていた寅之助に何かあったのではないかと、才次郎はしばらく不審に思っていた。

けれどもその一方では、やがて寅之助のことを忘れてしまうほど孝子との朝の密会に夢中になっていた。回を重ねるごとに打ち解けて、学問や私事についても話すようになると、孝子の優しい眼差しが案外に深いところから来ていることが見えるようにもなった。そしてそのために、才次郎の孝子への思いも急速に固まりつつあったのである。

「遠からず三橋さまもお役目に就かれるのでしょうね、そうなると、これまでのようにはお会いできなくなりますわ」

あるとき孝子が言い、才次郎は自分でも意外なほどはっとした。永遠に続くように思われていた孝子との密会が、当然いつかは終わることを告げられたような気分だった。そして孝子は冷静で、すでに元服した才次郎がいずれはお役目見習いに出ること、そして観月舎へもこれまでのようには通えなくなることを前々から考えていたらしい。

「ですが観月舎へはできるだけ通うつもりでいます、まだ学ばねばならぬことがたくさんありますし、それに……」

内々だがあなたとの縁談もあると言いかけて、才次郎は口をつぐんだ。万一、孝子が知らされていないとしたら、却って事がややこしくなるような気がしたのである。

「ええ、でも……いまのようにお話はできなくなりますわ」

「手紙を書きます」

才次郎は咄嗟に思い付いて言った。

「そうだ、それをこの椿山のどこかへ置くようにします、人目につかず雨に濡れぬところを探して、そこで互いの手紙を交換しましょう、宛名は書かず署名もしないようにすれば万が一誰かに見つかったとしても安心です」

「……………」

「そうしましょう」

才次郎は熱心に言った。あとになって考えると、孝子へ自分の気持ちを打ち明けたようなものだったが、孝子はうつむいて、それはできないと言った。

「せっかくお手紙をいただいても、家に隠しておける場所がございません、父に見つかって叱られるよりは辛抱したほうが……」

そう言われてみれば、家に隠し場所がないのは才次郎も同じだった。燃やせば、何を燃やしているのかと父や母が疑うだろう。

結局、才次郎が非番の日に椿山で会うことにして、二人は別れた。そうなる日が決して遠くないことを、その日、才次郎は改めて感じながら、淡水の講書をぼんやりと聞いて帰った。

秋風の野路を歩きながら、

(先生は、すでに後継者を決めているのだろうか……)

それが自分でない可能性も十分にあるのだと思うと、胸が凍えるような寒気が押し寄せてきて、才次郎は身震いした。どうかして孝子が自身の意志とは関りなく誰かの妻になる日まで、そう長くはないのだと思った。

八

長田健蔵が筆頭家老となって一年が過ぎたころ、藩有林を伐採して得た材木と海産物の移出がうまく運び、藩の経済は僅かながら上向きに転じたようだった。それは城下の町屋の活気にも表われ、夜の町には羽振りのよさそうな商人の姿がよく見られた。

年が明けて間もなく、才次郎は勘定吟味方の見習いになることが決まり、二月には観月舎に籍を残したまま出仕するようになっていた。観月舎には修業年限がなく、三十歳になる塾生もいたが、多くは出仕が決まると同時か、あるいは成人を理由に学業は断念していなくなる。が、むろん才次郎は孝子とのことが決まらぬうちは、そうした慣習に従うつもりはなかった。

勘定吟味方は収税や出納の検査をする、言わば勘定方の目付だが、算勘の才がなければ勤まらぬために、これまで吟味役をはじめ下役は勘定方から抜擢されてきた。つまりは見張られる側から見張る人間を選ぶという不合理を続けてきたことになる。当然のことながら両者の間には本来無用の斟酌《しんしゃく》や癒着といった弊害があったはずで、そのためかどうか長田家老が吟味方に新たな人材登用の試験制度を設けたのが昨秋だった。

願ってもない好機に、才次郎はすぐに飛びついた。勘定方を十年も勤め上げてから吟味方へ抜擢されることを考えれば、またとない出世の早道に思われたからである。

「いいだろう、試してみるがいい」

父の賛同も案外にたやすく得られた。

試験は暮れになって突然に行なわれ、百名近い中から才次郎を含めた三名のみが合格した。才次郎も平士の生まれだが、うち一名は足軽の次男という、才能だけを重んじた異例の登用だった。以来、三名は家中子弟の羨望の的となり、行く末を注目されている。

それは勘定方に勤める伯父の小山栄蔵にしても同じで、栄蔵は才次郎の合格が決まるや、わざわざ家に訪ねてきてこう言った。

「わしはもう出世を望む歳でもないが、吟味方への栄転を狙っていた連中はかなり気落ちしておる、それが妬みとなることもあるだろう、いずれにしても勘定方とは摩擦を起こさぬように努めることだ」

「はい」

「しかし、よくやったのう」

算勘一筋に励んできた伯父の感慨は一入《ひとしお》のようで、幾度となくそう繰り返した。

もっとも才次郎が出仕するようになってからは、城で見かけることはあっても口を利くことはまずなかった。立場上、他人以上に接触を避けたのである。城の中では伯父といえども勘定方としての別の顔があってしかるべきで、才次郎はむしろ、そうした栄蔵に好感を抱いていた。

「何事も控え目に、そして無難にこなすことだ、上が代われば遣り方もかわる、いつまた勘定方が吟味方へ出役となるやも知れぬ」

口癖のように言う定右衛門の言葉はむなしく聞こえるだけで、才次郎は心にもなく、はいと答えながら、無難に人と同じことをしていたのでは出世など叶うはずがない、ひとたび役目につけば伯父も甥もないのだと思っていた。

（おれは負け犬にはならん……）

定右衛門を見るたびに、才次郎は心の中で繰り返した。そしてそうならぬために、見習いといえども決して気は抜くまいと思った。

誰よりも貪欲に役目を学ぼうとする姿勢が認められたものか、吟味方の見習いとなって三月が過ぎたころ、才次郎は古参の改役《あらためやく》で岩戸半助《いわとはんすけ》という男にはじめて酒に誘われた。岩戸は四十過ぎの無口な男で、役所でも一切無駄口は利かなかったが、眼は人一倍に才次郎を見ていたらしい。

「ここが、言わばわしの定宿でな」

城下の盛り場をやや外れた古川町の小さな料理屋へ着くと、岩戸はそう言ってにやりとした。それまでほとんど口を利かなかった男が、暖簾《のれん》をくぐったときから才次郎には別人のように見えていた。

店は「小柳」といって、中は民家のように暗い感じだった。廊下を歩きながら見た限りでは座敷は多くても五間ほどだろう。二人は突き当たりの座敷に案内された。

「少々辛気くさいが、誰かに話を聞かれる心配だけはない、そこがこの店のいいところでな、女将《おかみ》も女中も口が堅いだけが取り柄のつまらん店だが……」

ややあってその女将が酒を運んでくると、岩戸半助は言いさして、肴はいつものようにとだけ言った。四十がらみの女将も、かしこまりましたと言ってすぐに立ち上がり、岩戸は才次郎へ酒をすすめた。

「酒はいける口か」

「いえ、あまり飲めるほうでは……」

「さようか、それなら手酌で互いに好きなだけやるとしよう」

「はい」

「しかし、それにしても堅いな」

と笑いながら、岩戸が水でも飲むように盃を干したのは意外だった。才次郎にすれば岩戸こそが堅物に見えていたからで、まるで夏の陽に氷が溶けるように崩した顔も別の人格を匂わせるものだった。

「ま、若いうちはそれくらいがいい、はじめから上役に媚《こび》を売るようでは吟味方は勤まらん」

実はわしもそうだったと、岩戸は今度は苦笑しながら続けた。

「もっともわしが勘定方から役替えになったのは三十二のときだったが、結局はそれまでの堅さが認められたということだろう、言ってみれば吟味方は仲間の落度やら悪事を暴《あば》くのが役目だからな、相当に堅くなければ勤まらんのだ」

しかしだ、と岩戸は急に声を高くして才次郎を見た。

「世の中はそううまくはいかんものでな」

「……………」

「ま、おいおい分かるだろうが……あまり急がぬことだ、急ぐと命取りになりかねん」

「はい」

と才次郎は言ったが、そのときは岩戸の言わんとすることがよく呑み込めなかった。けれども、やがて肴が運ばれ、酒もかなりすすんだころになって岩戸半助は思い出したようにその続きをはじめた。

「実はひとつ不正を見つけた、十中八九、いや、まず間違いないだろう、帳面《ちょうづら》はうまく合わせているが、どうみてもおかしい」

おぼつかぬ手付きで盃を満たしてから、おぬしならどうする、と岩戸はかなり赤い顔で言った。

「むろん上司に報告し、追及します」

才次郎は何やら試されているような気がして言ったが、そうではないらしく、岩戸はふふっと笑い声を洩らした。

「まったく、それがわしらの役目だからな、しかしそれができんのだよ、どういうことだと思う」

「はて、それは……いま少し詳しくお聞きいたしませんと……」

「そうだろう、そうだろう」

と言って、岩戸は嬉しそうに盃を干した。

「つまり、こういうことだ」

それから岩戸がはじめた話はしかし、酔いが醒めるほど意外なものだった。

藩ではいま杉や檜《ひのき》を伐《き》れるだけ伐って江戸へ移出している。五十年ものはもちろん、間引きと称して未熟な木まで伐採しているらしく、その量は僅か一年で藩有林の三割に及んだという。城からは見えぬ斜面や遠いところで伐っているので、一見、何の変わりもないように見えるが、裏へ回れば荒涼とした景色が広がっている。

一時的にしろ、それで藩の財政が持ち直したのだから、新執政の判断は正しかったのかも知れない。ただし、これから山を元に戻すには再び五十年はかかるわけで、さらに伐採がすすむようだと、その間、山はただの土石の塊でしかなくなってしまう。

　そうした問題を、執政がどこまで真剣に考えているかは大きな疑問だった。当初から成果を期待されることもあるが、それに応えるのが新執政の急務であり、これまでの例を鑑《かんが》みても大掛かりな財政対策を打ち出すのは彼らの常套手段である。

「それはそれとして……」

　岩戸半助は声をひそめて言った。

　昨年の相場から考えて、経費と御用達《ごようたし》の利鞘《りざや》を差し引いても藩庫に入る金が少なすぎるというのだった。そのことは当然勘定方でも気付いているはずであるのに、年貢の徴税ほど厳しく検査した形跡がないらしい。しかも郡方《こおりかた》や山方から要求のあった費用が、ほとんどそのまま認められている。歳入も似たようなもので、御用達の帳面をそのまま写したかのように簡潔だという。

　つまりは藩全体が、材木の移出に関して予め決まっていた大きな流れの中で動いているらしかった。そして、その流れのどこかに暗い淀みがあるということだろう。

　消えた金がどこへ吸い込まれたかはおよそ見当がつく、と岩戸は言った。

「だが見当がつくだけに始末が悪い」

「と言いますと……」

「これだけのことをするには少なくとも大物が数人は絡んでいるということだ、例えば長田家老、勘定奉行、郡奉行、山奉行、それに御用達……」

岩戸の言い方はすでに確信に満ちているようだった。

「それだけならまだしも、厄介なのはほかでもない吟味方だ、つまりはわしらの親方が絡んでいるとしたら……」

「まさか」

「いや、そうでなければ、とうに不正は暴かれていただろう」

岩戸はそう言うと、急に疲れ果てたように深い溜息をついた。すると、長田家老が吟味方に試験制度を設けたのはまやかしだったのかと才次郎は思った。

材木一本につき何某《なにがし》かの金をかすめたとしても、莫大な金になることは才次郎にも想像がついたが、岩戸がなぜそんな大事を自分に打ち明けたのかは分からなかった。上役も信用できぬということなら、気心の知れた朋輩がいるだろうし、新参の見習いを相手に話すことではないだろう。

「それで、いかがなさるおつもりですか」

じっと顔色を窺う才次郎へ、岩戸は分からぬと答えた。

「だが、おぬしに話していくらか気が楽になった、ただそれだけのことだが……」

それから思い出したように、決して他言するでないぞとも言った。

「下手をすると命取りになるゆえ」

はいと答えたものの、才次郎は岩戸とは逆に重荷の半分を背負わされたような気がしていた。おそらくは岩戸もそうなることを望んで打ち明けたのだろう。抱え込んだものがあまりに大きすぎて、ひとりでは支えきれなくなった結果、藁にもすがる思いで見習いを酒に誘ったのではなかろうか。

（それにしても……）

大変なことを耳にしてしまったと思いながら、才次郎は重い気分で残っていた酒を岩戸へすすめた。

店を出ると、外には澄んだ月明かりが差していて、二人は女将がすすめた提灯を断わって歩き出した。風もなく暖かな夜で、行く手にはまだ賑やかそうな花房町《はなぶさちよう》の火影が見えている。

（信用されたのはいいが……）

また無口になった岩戸とともに歩きながら、才次郎はいったい自分に何ができるだろうかと考えていた。見習いの身分では何もできはしまい、そう思う一方で、しかし追及する方法があるはずだとも思った。

やがて花房町に入り、繁華な通りに差しかかったとき、すぐ先の茶屋から四、五人の侍が出てくるのが見えた。若い男たちは一見してかなり酔っているのが分かり、才次郎

は咄嗟に岩戸の背後に身を隠したが、

「やや、誰かと思えば三橋ではないか」

目敏《めざと》くその姿を認めて近付いてきたのは植草伝八だった。伝八は体がまたひとまわり大きくなって見えたが、面皰面《にきびづら》で取り巻きを従えているところはむかしと変わらなかった。

「吟味方に召し出されたそうだな」

伝八はちらりと岩戸半助を見たが、岩戸はそ知らぬ顔で黙っていた。

「算勘も算盤も性に合わんが、女郎の吟味なら手を貸してやってもいいぞ」

伝八が言うと、取り巻き連中がどっと笑った。軽薄な笑い声だった。

伏し目がちに見返した才次郎へ、

「何だ、その眼は……むかしのようにやるならやってもいいぞ」

伝八が真顔で挑発したとき、すかさず岩戸が才次郎の袖を引いて、参ろうと言った。

才次郎は黙って従った。というよりは面倒を恐れて何もできなかったのである。

「意気地のない奴らだ、そんなことでは女郎にも持てんぞ」

伝八の嘲りに後ろ髪を引かれながら、結局おれも親父と同じではないかと思っていたとき、岩戸の呟くような声が聞こえた。

「あれはたしか……」

「植草伝八どのです」

「やはり、ご中老の伜か……」

岩戸は才次郎を見ると、屑だな、とひとこと吐き捨てるように言った。

九

二年の見習いを終えて勘定吟味方改役並《なみ》となると、才次郎は役料として十二俵二人扶持を賜り、役所でもひとり前として認められるようになった。岩戸半助が懇切丁寧に監査の骨《こつ》を教えてくれたお蔭で、同期の見習いが下役に留まる中でただひとりの昇進だった。

一度は才次郎へ藩ぐるみの汚職があるらしいと打ち明けたものの、その後の岩戸は何ら変わったようすもなく、黙々と日々の役目をこなしている。そうして不正の糾弾を諦めた自分を誤魔化しているのか、あるいは逆に密かに証拠を固めているのかも知れない。

いずれにしても、才次郎の眼に岩戸は最も有能な改役として映っていた。温容に加えて穏やかな物言いがその才能を隠してしまいがちだが、才次郎は案外に激しい気性の持ち主ではないかと思っている。酔っていたとはいえ、花房町で植草伝八を見たとき、屑だと言い切った岩戸の目付きがそうだったし、ひとりで帳面を見つめるときの眼光にも突き刺すような鋭さが感じられた。

もっとも岩戸のそうした一面は注意して見なければ分からぬもので、役所ではおとなしい男として通っている。吟味役の丹羽《にわ》彦右衛門も岩戸に対しては何ら不審は抱いていないようすだった。

才次郎は丹羽が岩戸の鋭利さに気付いていないらしいことに安堵するとともに、丹羽を不正に荷担している奸物として見ることも忘れなかった。二年前に岩戸が言った通りだとすれば、丹羽はいまも勘定方の監査に相応の手心を加えているはずである。

この二年で藩の財政は飛躍的に回復する兆しを見せたものの、岩戸が言っていたように山肌が目に見えて露《あらわ》になり、杉の代わりに植えたという楮《こうぞ》も紙を作り利益を生むまでの目処《めど》は立っていない。

急な坂道を上りつめれば、そこが峠で、あとは下るしかない状況が待っているのではないか。勘定吟味方として藩の財政を内側から見るうちに、果たして才次郎は執政の政策に疑念を抱きはじめていた。その意味では、岩戸半助が才次郎を見込んだのは正しかったのかも知れない。

だが、それよりも身近な気掛かりが、いまは才次郎の胸を埋めている。ひとつは十七歳になった津田孝子の行く末であり、そしてもうひとつは父の定右衛門が早くも隠居を望んでいることである。どちらも自分の将来に大きく関ることで、才次郎はふと気が付くとそのことを考えているというふうだった。

父の定右衛門がはじめて隠居を口にしたのは、三月に藩主が帰国して間もなくだった。

「おまえはもう一人前だ、そろそろ家督を継いで三橋の当主となってもおかしくはあるまい」

ある晩、日が落ちて帰宅した才次郎へ、定右衛門は待ち構えていたように言った。

「いまの家禄と役料があれば、嫁を迎えてもどうにかやってゆけるだろう、わしの代で禄を増やすことはもう望めぬ」

「しかし早すぎます」

と才次郎は言った。自分の歳もそうだが、定右衛門はまだ健康な四十四歳だった。このの ち出世はないとしても、古参の祐筆として蓄えてきた知識と筆才を発揮するのはこれからだろう。

だが定右衛門はすでに心を決めていたらしく、夏には届けを出すつもりだと言った。

「それで父上はいったい何をなされるおつもりです、何か確かなお考えがあって申されておられるのですか」

才次郎が見つめると、定右衛門は眩《まぶ》しいものでも見たようにうつむいた。別の視線を感じて目を側めると、茶の間で膳の支度をしていた母と弟も不安げな顔で定右衛門を見ている。

（情けない……）

そう思ったのは才次郎のみではなかっただろう。自ら男として子に追い抜かれたことを認めるかのような言い草で、親として頼りないこともあったが、孝子とのことが決まらぬうちは、はい、そうですかと承知することもならない。かといって、いまさら打ち明けるには定右衛門はひ弱になりすぎたように思われ、考え込んでいると、

「疲れたのだ……」

と蚊の鳴くような呟きが聞こえた。父が何に疲れたのかは分からなかったが、才次郎は訊く気にもなれずに立ち上がった。泣くでもなく笑うでもない父の顔には、もはや当主としての誇りのかけらすら見当たらなかった。

悶々とするうちに春が行き、やがて梅雨に入ると、城下は萎《しお》れた花弁のようにひっそりとした。そんなある日に、才次郎は津田淡水に呼ばれて観月舎へ出向いた。来るように言われたのは塾の一日が終わる夕のことで、いったん下城して家へ戻り、着替えてからまた出かけた。

（きっと孝子との話が決まったのだろう……）

ぬかるむ野路に足を取られそうになりながらも、才次郎の心は弾んでいた。役目に追われ、孝子の顔を見るのも二月振りだった。

「お待ち申し上げておりました、どうぞお上がりくださいまし」

果たして孝子は明るい顔で出迎えた。植草伝八との縁談はうまく破談に持ち込めたらしく、才次郎を見上げた眼にも恥じらいと喜びが溢れていた。

ところが、いざ淡水に会ってみると、思いも寄らぬ話を聞かされたのである。

「五年前に申したことだが……」

茶を運んできた孝子が去るのを待って、淡水がおもむろに切り出したとき、才次郎はいまにも破顔しそうだった。一方的に縁談を押し付けてきた植草家との問題は、その後淡水が藩主の側用人に相談し、中に立ってもらったことでどうにか穏便に片付いたという。そこまではよかったのだが、それから淡水が続けた言葉に、才次郎はみるみる青ざめていった。

「その結果、もちろん熟慮したうえのことだが、津田家の婿は寅之助と決まった、よって孝子との話はなかったものと承知してもらいたい」

「何と申されました」

才次郎は蒼白となった顔で聞き返した。

「朝比奈村の、あの寅之助でございますか」

「いかにも……」

「なにゆえ、寅之助が……」

才次郎の驚きに対して、まずは人格だと淡水は答えた。学才も然《さ》ることながら、穏やかな気性が学者に向いている。何事であれ、人に何かを教える者はまず心が穏やかでなければならない。身分で人を見ることもなく、身分に負けぬ根気もある。そういう人間でなければ観月舎の塾頭は務まらぬと言った。

「それがわたくしにはないと……」

「ないとは言わぬ、しかし十分にあるとも言えぬ、それがわしの判断だ」

「それで寅之助は何と……？」

「何よりもそなたのことを気にかけていたが、ようやく承知してくれた」

「……」

「決して寅之助を恨むでないぞ」

淡水が念を押したが、才次郎はすでに寅之助に対して怒りを覚えていた。自分もそうであったことは忘れて、今日までひとことも打ち明けなかった寅之助が憎くてならない。無二の親友と考えていた分だけ、大きな裏切りに思われたのである。

「分かりました……」

才次郎はどうにか辞去の挨拶を述べて、静かに立ち上がった。廊下をいつどう曲がったのかも分からぬうちに玄関へ着き、きれいに泥を拭った下駄を眺めていると、うしろで孝子の声が聞こえた。

「もうお帰りになられるのですか」

振り返ると、孝子は薄く口を開けて心細げに才次郎を見ていた。

「ええ」

と才次郎は言った。

「話はもう済みました……どうやら、あなたもご存じではなかったらしい」

「……」

孝子が微かな声をあげたのは、それから才次郎が下駄を履き、雨の中へ歩き出したときだった。

「もし、才次郎さま」

そう言った声には突然の事態にうろたえているようすがありありと感じられたが、才次郎は振り向かずに歩き続けた。そうして踏ん切りをつけるためもあったが、才次郎にしたところで惨めな自分を支えるだけで精一杯だったのである。

それから五日ほどが過ぎた日の夕暮れに、才次郎は下城の道で寅之助に出会った。妙慶寺という寺の参道で待っていた寅之助は、才次郎が通りかかると、無言で駆け寄ってきてその前に立ちふさがった。への字に歪めた唇を震わせ、いまにも泣き出しそうな眼で見つめる寅之助を、才次郎は黙って見返した。

「きさま……」

しばらくして才次郎が呟くと、

「許してくれ」

寅之助はようやく震える声で言った。そのひとことで寅之助も孝子に想いを寄せていたことは明らかだったが、才次郎は我慢がならずに言った。

「許せることか、厚かましいにもほどがあるぞ」

「才次郎……」

「気安く呼ぶな！」

才次郎は言い捨てて立ち去った。なぜか却って気が重くなったように感じながらも、そのときは孝子はもちろん寅之助とも再び会うことはないだろうと思っていた。

十

心密かに生涯の伴侶と決めていた孝子との縁を失い、無二の友とも決別したことで、才次郎の生き甲斐は自ずと出世に絞られたようである。夏になり定右衛門が正式に隠居願を出してからは、その思いは日に日に強くなる一方だった。けれども本来の望みから現実が遠ざかれば遠ざかるほど、なぜか伝八の顔が脳裡に浮かび、これしきのことに負けてなるものかと闘志を掻き立てられもした。

気持ちのうえではすでに当主となり、家族を養う立場となった才次郎が、不甲斐ない父親にかわり、母や弟を守る覚悟でいたことは言うまでもない。そしてそのためにも家禄を増やすことを、才次郎はより具体的に考えはじめていた。つまりは、それもこれも出世してはじめて叶うことばかりだった。

秋口に定右衛門の隠居が決まってからは役所で懸命に働くことはもちろん、帰宅後も部屋に閉じこもり覚え書きを見つめる日々が続いた。家督相続のための案外に繁多な手続きを終えて名実ともに三橋家の当主となったのは冬立つころで、そのころには迅速な仕事振りが周囲にも認められ、才次郎は肌身に確かな手応えを感じていた。ところが、あるとき意外なことに気付いたのである。

吟味役の丹羽彦右衛門に呼ばれたのは、その日、登城して間もなくだった。

「中々よくやっているのう」

丹羽は御用部屋へ才次郎を呼び入れると、まるで磨き丸太のように艶のある顔を綻ばせて言った。

「しかし、この吟味はどうであろう」

口調も穏やかだったが、才次郎は内心ではぎくりとした。丹羽の目付きが冷たく、しかもおもむろに差し出したのが、才次郎が山方の伐木運材に関する歳出について監査した報告書だったからである。歳出は伐採した木材を谷出しするために山腹に架設した桟《さ》出《で》という運材装置のかかりと日用《ひよう》（雇夫）の給金が主で、数字は一見もっともに見えるが、才次郎は日用の人数が水増しされているのを同じ時期に別の山で行なわれた運材の明細と照合して見破っていた。

日用は普通三十人から五十人の組を作り、組単位で働く。組頭は旦那と呼ばれ、杣《そま》（きこり）の頭が務めることになってい、ひとりの組頭が一度に二カ所の山を受け持つことはまずない。仮に何らかの都合で代人が指揮するとしても、三十人方の人間を山から山へ移すのは至難である。そのため持ち場には役人や日用が寝泊まりする小屋もある。

ところが、帳面の上では同じ日に組頭と代人がそれぞれに組を率いて二カ所で働いていたことになっていたのである。歳出は前年度に提出された山かき（伐採計画）とほぼ一致するので見逃しがちだが、もともと人員や日数にかなり余裕のある見積りだった。一組が十日でできる仕事をはじめから二組十日として見積もれば、費用の約半分は浮くことになる。その金がどこへ消えたかはひとまず措くとしても、一組が同時期に異なる山で働くのは物理的に不可能であり、才次郎はその点を指摘したのだが、丹羽の表情に思わしい変化は見受けられなかった。

「山方の仕事は得てして予定通りにはゆかぬものだ、雨が降れば無駄と分かっていても日用は休ませねばならぬし、黙っていても一人につき日に米八合、塩七才は消えてゆく」

丹羽はむしろ才次郎の廉直な仕事振りが煙たそうなようすだった。

「かかりの多寡は一概には判断できぬということだろう、別《わ》けても山方には帳面に表われぬ無駄もあれば苦労もある、そこのところを見てやらぬと真に吟味したことにはなるまい」

「……」

「吟味とはそういうものではないか、勘定方の調べを鵜呑みにしろとは言わぬが、少しは意を酌んでやらぬとのう」

じわじわと締め付けてくるような物言いもそうだが、丹羽の視線には陰湿な圧力が感じられた。いつだったか岩戸半助が言っていたように、丹羽は奸物なのだろう。しかも不正という流れのかなり深いところで、ほかの奸物らと繋がっているようでもあった。

（となると……）

道は二つにひとつで、言われた通り吟味に手心を加えるか、あくまで筋を通して疎《うと》まれるかのいずれかしかない。だが、それではすすんで敵を作るようなもので、いまの自分の力で大きな流れに逆らって得るものがあるとは思えなかった。

「仰せの通りにございます」

ややあって、才次郎はきりりとした顔を上げた。

「いささか思慮が足りなかったようです、以後は心して吟味いたします」

「うむ、それがよかろう、いや、思いのほか物分かりがよくて感心したぞ」

深々と平伏した才次郎へ、丹羽は機嫌のいい声で、それでよい、それでよい、と繰り返した。

丹羽の薄笑いに嫌悪を感じながらも、才次郎はいまは権力に迎合するのも仕方のないことだと思っていた。逆らえば出世の道は閉ざされてしまうだろうし、一家を危険にさらすことになるかも知れない。当主としては、知らず識らず定右衛門の歩んだ道を辿りはじめたらしかったが、そういう意識もないままに目先の利益を優先し、そのために大きな淀みに引き込まれたことには気付かなかったのである。

（これで……）

一歩すすんだという感触だけが残った。少なくとも丹羽に気に入られたのは成果と言っていいだろう。いまはそれでいい。だがいつかは丹羽をも追い抜いてみせる、それくらいの才覚は自分にもあると思った。

その日、才次郎がよくも悪くも気付いたのは、世間は自分が考えていたよりも遥かに複雑に絡み合いながら動いているということだった。言い換えれば、人よりも優れた仕事をするだけでは認められぬこと、才覚はむしろ隠して使わぬこと、そして必要な相手にだけ示しておけばよいということである。

以来、丹羽の指図通りに働くうちに、吟味方とは名ばかりで実際には勘定方の怠慢を黙認し、落度を庇っていることも分かった。つまりは勘定方も奉行以下、何ら厳しい調べはしていなかったのである。

　そうした腐敗は勘定方と吟味方だけではなく、勘定方と山方、山方と杣頭、杣頭と日用との間にもあるらしかった。そして、それだけ大掛かりな腐敗が罷り通るには執政の黙認もいるわけで、要するにすべては頂上にいる長田家老の指図とも考えられた。

　そこまで気付きながら、しかし弱輩の身分にできることは何もなかった。三冬《みふゆ》の間に密かに翌年の山かきを検査してみると、経費が今年のそれをかなり上回るうえに、伐採箇所は御留山《おとめやま》の間際にまで達していた。比べて植樹や獣害予防といった育林のためのかかりとして山かきに計上された額は十が一でしかない。藩有林を一定に保つには綿密な計画と人手がいるのだが、そのことだけをとっても藩の目がいまは利潤の追求だけに向いているのは明らかだった。

　もっとも、そのために執政は交代したのであって、御家や領民が潤うに越したことはない。けれども、自然で百年、人の力を添えても樹木が育つのに三十年はかかるように、御家の財政も長い目で見なければならない。さもなくば再び低迷するのは時の問題だろう。

　そのことを最も案じているのが、以前にもまして口の重くなった岩戸半助で、才次郎は結果として岩戸の期待を裏切ったことについては後ろめたさを感じている。岩戸の失望が手に取るように分かるだけに、良心がとがめるのかも知れない。

やがて年が明け、松を納めて間もなく、恒例となっている吟味方の寄合が花房町の料理屋で開かれ、丹羽彦右衛門が改めて年頭の訓示を行なった。といっても精励恪勤《せいれいかっきん》を促すだけの中身は例年と変わらず、丹羽がそそくさと退席するなり、寄合は酒食にふけるだけの宴と化した。要するに丹羽が年に一度、下役を供応するための寄合だった。

才次郎は朋輩としばらく酒を酌み交していたが、小半刻ほどして、ふと岩戸半助の姿が見えなくなったのに気付いた。はじめは手水《ちょうず》を使いに行ったのだろうと思ったが、岩戸はそれから散会になるまで戻らなかった。

そのことが妙に気になっていたのと、久し振りに岩戸と話したい気持ちもあって、才次郎は料理屋を出た足で古川町の小柳へ向かった。ひょっとして宴を抜け出した岩戸が行っているのではないかと思ったのである。だが、小柳にも岩戸の姿はなく、出迎えた女将のとねに、岩戸は来ていないが、お話があるので上がるようにとすすめられた。

「岩戸さまから三橋さまにお渡しするようにと、お預かりしたものがございます」

「わしに？」

「はい、つい昨夜……とても大事なものだそうで、いつか三橋さまがおひとりで来られたときにお渡しするようにと……」

とねはまさか今日お越しになるとは思わなかったと言って、才次郎を奥の小座敷へ通すと、二階の寝間に隠していたらしい風呂敷包みを持ってきた。よく見ると使い古した風呂敷は薄汚れていて、とても大事なものを包んでいるようには見えなかったが、岩戸がわざわざとねに預けただけあって、中身は驚くほど貴重なものだった。

「これは……」

思わず呟いた才次郎へ、

「おそらく岩戸さまがお命をかけて残したものと思われます」

ととねが言った。

「何か存じておるのか」

「いいえ、ただ昨夜のようすから、そんな気がいたしました」

とねはそう言うと、苦しげに溜息を洩らした。それではたと気付いたことだが、岩戸ととねはそういう間柄にあるらしかった。もっとも、それ以上に才次郎を驚かせたのは風呂敷に包まれていた書類である。

書類にはここ数年の間に起きた不正の数々と、それに関ったとみられる重職らの名が事細かに記されてい、しかもその数字の幾つかは才次郎にもうなずけるものだった。

「これを、岩戸さんは昨夜そなたに託したのだな」

才次郎は寒気のする思いで言った。だとすると考えられるのはひとつで、岩戸が江戸の藩主へ直訴に及んだということである。

（おそらく……）

岩戸は一刻ほど前に同じ書類を持って江戸へ向かったに違いない。だが、なぜ自分に証拠の控えを託したのかと考えたとき、才次郎は家臣としての使命感よりも、巡ってきた不運に押しつぶされそうな気がした。岩戸の考えは分かるが、なぜ自分が後を引き受けなければならぬのかが分からない。岩戸はとうに自分に失望し、見限っていたではないか。そう考えたときから、つい先刻まで岩戸に感じていた後ろめたさは、才次郎の胸の中で強引に貧乏籤《くじ》を押し付けてきた男への怒りに変わろうとしていた。

果たしてその夜から岩戸半助は行方知れずとなり、数日後には執政が脱藩したものとみなして藩士としての身分を剝奪した。それにしても異例の速さだった。仮に無事に江戸へ辿り着いたとしても、浪人では藩主への目通りはまず叶わぬだろう。それが岩戸の目的に気付いた執政の狙いではなかったろうか。

（しかしなぜ……）

岩戸はたったひとりでそこまでするのだろうか。どう刃向かってみたところで勝味はないだろうに……才次郎が家でも物思いにふけるようになってから一月ほどが過ぎたある夜のこと、珍しく父の定右衛門が部屋へやってきて、話したいことがあると言った。

十一

「いったい、おまえはどうしたのだ」

定右衛門は背を丸めて座ると、萎《しお》れたような顔を向けて言った。

「このところ、まともに口も利かんじゃないか、静江も信三郎も案じておるぞ」

「お話というのは、そんなことですか」

「………」

「父上は相変わらず多弁ですな」

「そういう口の利き方も、以前のおまえとは違う、何やらぎらぎらとして刃物のようだ」

「当然です、いろいろとありましたし、これからもあるでしょうから……」

才次郎はじろりと冷めた眼で定右衛門を見た。自ら当主の責任を放棄した男に言われる筋ではないと思っていた。

「いまは御家にとっても大事な時ですから、わたくしに限らず、みながいろいろと考えなければなりません、そういう時期なのです」

「しかし、お役目は城にいる間だけで十分ではないのか、家族と話もできぬほど吟味方が忙しいとも思えんのだが……」

「ご隠居の身に細かなことまでは分かりますまい、御家の状況は刻々と変わりつつあります、ご隠居の一年とは違うのです」

「……」

才次郎が言いかけたとき、

「父上には何も……」

「言葉が過ぎるぞ」

定右衛門が怒鳴った。

「こうみえても、まだ人との繫がりもあれば御家の内情を洩れ聞くこともある」

「人とおっしゃるのは、ご隠居仲間でございましょう」

「そういう付き合いもあるが、そればかりではない、祐筆頭の稲垣弾兵衛さまや吉井作之進、それにいまは江戸詰となった立原からもときおり便りが参る」

「ほう、それは結構なことです」

と言ったが、才次郎には定右衛門の虚勢としか思えなかった。仮に家中との繫がりがあるとしても、彼らが隠居に話すことといえば愚痴か差し障りのない世間話である。

「ともかく家にいるときくらいは、もそっと肩の力を抜いてみてはどうか、わしと話すのが面倒だというのなら、せめて静江にはおまえのほうから声をかけてやってくれ」

定右衛門は言ってから、あれはそれでなくとも心配性だからと囁いた。

「それから、これは多分に余計なことかも知れぬが、津田どのの娘御のことは早く忘れたほうがよい、近々寅之助とやらと祝言をあげるそうだ」

短い沈黙のあとで立ちかけた定右衛門へ、

「あの……」

と才次郎は声をかけた。

「どうしてそのことを……」

すると定右衛門は微かに笑ったようだった。

「言ったはずだ、まだ人との繋がりはあるとな……」

定右衛門が去ってひとりになると、才次郎は不意に孤独感に襲われた。考えるべきことは多くあるし、ひとりで過ごすことにも馴れていたが、孝子や寅之助と別れてからというもの、心から誰かを信頼するということはなくなっていた。隣人や親戚はこちらから選べるものではないし、朋輩との付き合いにしても岩戸半助を除けば形だけのものである。その岩戸も去ったいま、才次郎が心を許せる人間は不思議なほど見当たらなかった。

比べて、寅之助には孝子もいれば学問もある。ときおり嫉妬が燃え立つように、才次郎は未だに霞がかった心の始末をつけかねていた。もしも定右衛門がそういう気持ちを見抜いたのだとしたら、親だからとしか考えられない。けれども親だからこそ、他人に心の中を見透かされる以上に不愉快でもあった。

その夜、才次郎は改めて岩戸半助が残した書類を見た。見たからといってどうなるものでもないが、あるいは不正を追及する以外に使い道があるのではないかと思った。長田家老をはじめ重職らが最も恐れているであろうものがそこにあり、使い方によっては伝家の宝刀となるやも知れない。ただし、そのためには周到な手入れが必要で、岩戸のように無謀な正義を貫くつもりはない。

そもそも正義を行なうべきものが私腹を肥やしているのだから、非力なものが正義を逆手に取って何が悪いだろうか。

（きれい事では……）

伝八や寅之助を見返すこともならない。たとえ汚れた道でも踏み出さなければ何も変わらぬだろう。それがはじめから決まっていた自分の道であり、ほかに孤独から抜け出る法もないように思われた。

具体的には旧執政で長田家老に筆頭の座を奪われて隠居した堀川介右衛門《すけえもん》に書類を売り渡すか、現執政をそれとなくつついて出世を促すかのいずれかである。もっとも、その前に岩戸が直訴に成功すれば、書類は紙屑同然となる。

その意味でも、才次郎は岩戸の安否を案じたが、岩戸の消息は出奔から二月が過ぎても杳《よう》として知れなかった。ただ、どこからでたものか藩内に岩戸の本意を伝える声が徐々に広まり、執政が躍起になって抑えるという事態が続いた。

やがて岩戸の勇気をたたえるようになった声は、けれども五月になって執政が岩戸の死を告げるや、長雨に打たれた花のように勢いを失っていった。

（それ見たことか……）

岩戸をたたえたのはその身に火の粉がかからぬところにいたからで、自らが岩戸になるつもりはない。それどころか、あわてて引潮に乗って逃げ出したではないか。才次郎は通達の真偽は疑いながらも、いざとなれば力がものを言う人の世の性《さが》をはっきりと見たような気がした。

執政の通達によると、岩戸半助は江戸表において自裁したとのことだった。しかも脱藩の目的は藩主への直訴ではなく、逆に自身の不正が露見しそうになったために出奔したものの、良心の呵責にたえかねて江戸屋敷の門前で腹を切ったという。岩戸を知るものには信じがたい話だったが、それを事実にできるのが権力だろう。

いまの才次郎にはかつての純真さも忠心もない分、ねじまげられた事実を理解する力はあったようである。それにしても岩戸は命を無駄にしたと思う一方で、これであの書類はおそろしく値打ちがでたと思うと、迷い込んだ暗い野路の先に煌々と輝く光が見えたような気がした。

十二

才次郎の与力昇進が決まったのは、それから三年後の二十三歳のときである。重職らの弱みを握ったにしては遅い出世だが、それだけ慎重に事を運んだ結果だった。

ひとつには執政との窓口となった吟味役の丹羽彦右衛門が、自身の裁量を越えた事態に案外なくらい怖気《おじけ》づいたこともある。おそらく丹羽は上から才次郎の始末を命ぜられたはずで、当初は婉曲に脅しもしたが、才次郎がことごとく先手を打ったために何ひとつとして思い通りにはならなかった。そうなると今度は自分が重職らに能力を疑われる立場となり、執政と才次郎の間で右往左往していたようである。

結果として、丹羽は才次郎を仲間に取り込むべきだと長田家老に進言し、才次郎もうまく迎合した。書類は岩戸のものとは別に二部あることにして、身に危険が及ばぬようにしたが、それからは奸物の仲間としてひたすら不正を隠す側に回ったのである。

それでも、ひとつ歯車が狂えば命を狙われてもおかしくない立場であったから、三年で無事に与力に昇ったのは才次郎にとり上々の首尾と言えた。それだけ執政も慎重に才次郎の処遇を考えたのだろう。

「ご家老がな、おぬしには一目置いている」

丹羽が近ごろではへりくだった物言いをするようになり、才次郎は将来に確かな手応えを感じている。

「小耳に挟んだのだが、むかし植草さまのご子息を殴ったそうではないか」

「つまらぬことです」

「その植草さまが一度会いたいと申されておる、どうであろう、むかしのことは忘れてお会いしてみる気はないか」

「そうですな、いずれ伝八さまが嫁御を迎える折にでも……」

取り敢えずは曖昧に答えておくことも、些細なことで恩を売る術もいつの間にか身に付けていた。それが最もたやすく自分を大きく見せる術でもあった。

植草五左衛門とはむかし定右衛門に連れられて屋敷を訪ねて以来、顔を合わせたことはないが、中老となってからの評判はよく耳にしている。概して派手なことが多く、金回りのよさとその出所が家中の関心事であるようだった。

伝八も一年前に町方の与力に役替えとなり、小粒なりに権勢を誇りはじめたという。職階で言えば才次郎とほぼ同格だが、何といっても親が中老であるから奉行所での力もあるのだろう。このまま親の威光を借りて、いずれは町奉行か大目付になるのかも知れない。

（だが……）

そのころにはおれも吟味役に昇り、一角《ひとかど》の器量人となっていよう。そして、いつかは伝八や五左衛門に頭を下げさせてみせる。植草五左衛門がどうやって中老の座を手に入れたのかは、すでに見当がついているのだ。

これまでに分かったところでは、五左衛門は当時、富裕な商人と結託して大掛かりな藩有林の伐採を企て、そのために多額の賄賂を新執政に昇ると目された数人に与え、あわよく自らも中老となったらしい。商人に出させた賂《まいない》はいまの長田家老にも渡り、ともに執政に昇るや、財政再建と称して極端な山林伐採をすすめてきた。彼らが共謀して藩を食い物にしていることは、以来、藩の歳入に比べて材木商をはじめとする商人への支払いが激増したことでも分かる。

一つ穴の狢《むじな》となったいまも、才次郎の胸の中では植草家に対する特別な感情は続いてい、悪事に荷担する一方で、不正の根源を探るという矛盾を起こしている。死んだ岩戸半助が残した書類は藩主の譴責《けんせき》を喚起するには十分だが、即座に奸物の退身を決するものではない。その不足を補塡したとしても、使えば自分の首を締めることにもなり、才次郎はただただ植草家に勝つことだけを考えていた。

「しかし、それではいつのことになるか分からぬ」

と丹羽彦右衛門はぼそぼそと言った。黒く薄い唇が不満げに歪んでいる。

「だいいち、ご中老と直々に話す機会など滅多にあるものではない」

「つまり、ご無礼だと……」

「そう受け取られても仕方あるまい、植草さまはいまや重職の中でも押すに押されぬ実力者であられる、一度お会いしておいて損はないものと思うが……」

「それは承知いたしております」

だが現状で会うのは早すぎると才次郎は思った。再び苦汁を嘗《な》める破目になるのではないかと恐れたと言ってもいい。いまは仲間とはいえ、一度は脅したことに変わりなく、目障りになったとしたら……五左衛門の目当ても案外そんなところにあるように思われた。

「どうであろう、三橋、ここはわしの顔を立ててくれぬか」

根気強く説得を続ける丹羽へ、才次郎は飲みかけの盃を静かに置いて言った。

「丹羽さまの面目をつぶすつもりなど毛頭ございません、ただお会いするのなら手土産をと考えたしだいです」

「手土産？」

「はい、むかしのことはむかしのこと、そう心得ていることをお伝えするにはそれが一番かと……それにはつまらぬ土産では却って失礼になります」

「というと……」

「むろん植草さまのお気に召すものを……」

そのとき才次郎の胸にあったのは、木材による儲けはすでに先が見えているから、いっそのこと削り尽くした山の中から花崗岩を含んだ斜面を選んで砂鉄を採掘するというものだった。鍋、釜、包丁といった必需品に使う鉄はいくらでも需要があるし、調査と支度に時はかかるものの、成功すれば利益は木材よりも上がるかも知れず、藩も奸物らもより潤うだろう。

その場は妙案があることだけを話して丹羽を取り込むと、才次郎は一足先に料理屋を出た。春の夜の通りはまだ明るく、いくらか人通りは減ったものの、立ち並ぶ茶屋や小料理屋といった店々からは甲高い喧騒が洩れてきている。一町ほどで灯が途切れる先には月明かりが差してい、提灯はいらぬようだった。

(肝の据《す》わらぬ男だ……)

ゆっくりと歩きながら、才次郎は帰りしなに機嫌をとった丹羽の顔を思い浮かべた。重職の使い走りまでして、当人はうまく立ち回っているつもりらしいが、使う側から見ればただそれだけの男だろう。中身が透けて見えるようでは人の上には立てぬし、重職らの信頼も薄いとしたら、案外取って代わるのはたやすいかも知れない。じきに月明かりの道へ出ると、才次郎は我知らずにやりとした。これから帰る屋敷町には昇進にともない藩からあてがわれた小さな屋敷があり、才次郎にとっては生まれてはじめて勝ち取った宝物のようなものだったが、むろんそれで満足したわけではなかった。

植草五左衛門と二人きりで会ったのは、それから二月が過ぎた初夏のころで、才次郎から採鉱の話を聞くなり、五左衛門は露骨なほど破顔した。

「ほほう」

「すると、鉄はあるのだな」

「間違いございません、多寡のほどはより詳しく調べてみませんと分かりませんが、少なくとも西の山一帯に風化した花崗岩が豊富にあることはすでに調べがついております」

「ふむ、まさに棚から牡丹餅《ぼたもち》だな」

五左衛門は言って哄笑《こうしよう》した。むかし才次郎と定右衛門にした仕打ちは記憶の片隅にもないような喜びようだった。

「それで、望みというのは何だ」

ひとしきり笑ったあとで五左衛門が言い、才次郎は慎重に言葉を選びながら鉄の採掘計画については提案した自分に任せてほしいと言った。より早く実現するには山方はもちろん勘定方も配下に置きたい、そういう段取りをつけてもらえまいかということである。

「つまりは、さらに上が望みか」

「それだけの値打ちはあろうかと……」

「しかし、いまより上となると……」

五左衛門は、したたかな奴だという眼で才次郎を見たが、才次郎がまっすぐに見つめ返すと、丹羽も齢ではあるがなと呟いた。五左衛門が自分を潰しにかかるのではないかという疑念は拭い切れなかったが、そのひとことで先が見えたと思ったときである、

「ところで例の書類だが……」

と五左衛門が言った。

「もはやそなたには無用であろう」

「……」

「用心深いのもいいが、わしらにすれば背に刃物を突き付けられているようで落ち着かぬし、それだけ気も許せぬ……いまのそなたにとっては却って不都合ではないのか」

「仰せの意味はよく分かります」

「では、そうしてもらおうか、丹羽のことは書類と引き替えに考えよう」

「では、そちらのほうを先に……」

すると五左衛門はしばらく考えてから、よかろうと言った。

「ただし明日というわけにはまいらぬ、与力に昇らせるのに三年をかけたのは、こちらにもそれだけの考えがあってのこと、その若さで吟味役ともなればもう五年はかかろう、

その間、鉄の採掘はわしが指揮をとる、むろんそなたにも手足となって働いてもらうが、それでよいな」

「………」

「なに、働きによっては加増も考える、五年などあっという間だ、その間には互いの信頼も増していよう」

「そうありたいものです、岩戸半助のようにはなりたくございませんので……」

「………」

「無駄死にはしたくないということでございます、人のために死ぬほど馬鹿げたことはございません」

五左衛門は才次郎の言い草が気に入ったらしく、薄笑いを浮かべながら、わしについてくれば悪いようにはせぬと言った。

一刻ほどの会談の中で、五左衛門はいずれ伝八が自分の跡を継いだときには二人で力を合わせるようにとも言った。長田家老の息子はどれも不出来だそうで、執政に昇れる見込みはないらしい。もっとも才次郎には伝八が人より優れているとも思えなかった。ただ自分が変わったように、伝八も少しは変わったかも知れず、確かめてみたいと思っただけである。いずれにしても出世のために伝八を利用できるものなら、それはそれで当然の権利であるように思われた。

（黒豆か……）

不意に伝八が孝子をそう呼んでいたことを思い出し、才次郎は盃をぐいと呷《あお》った。孝子との縁談が破談となったとき、伝八は何も感じなかったのだろうかとも思った。

十三

翌年の秋には西の山で砂鉄の採掘がはじまり、才次郎は勘定吟味方からの出役として採鉱に伴う問題の一切を取り仕切る総締めを命ぜられた。むろん植草五左衛門の根回しによって得た大役であり、役料百俵も与えられたが、新たな事業に問題がないわけではなかった。

採鉱は鉄穴《かんな》流しといって、採掘場の上方に造った貯水池から水を流し、その水力で花崗岩を押し流して土石と砂鉄に分解する。流された砂鉄は比重が重いために下流に設けられた洗場に沈殿し、そうでない土砂はさらに下流へと流れてゆく。繰り返すうちには大量の土砂が堆積するので、下流の村々では農業や漁に支障をきたすことになり、米の収穫を終えたとはいっても作物や暮らしに及ぼす影響は相当なものになると予想された。けれども旧法の露天掘りでは手間がかかりすぎて事業として大きな利益を生むには至らない。

才次郎は執政の許しを得て、採鉱期間を秋の彼岸から春の彼岸までとし、鉄穴流しを強行した。崖崩れや水害の発生を危惧《きぐ》する郡方《こおりかた》から反発の声があがったが、それは植草五左衛門が力で抑えたようである。山へ出向く度に、才次郎はその眼で麓の村々のようすも見ていたが、被害は見て見ぬ振りをした。いちいち被害に気を奪われていては成るものも成らない。損失はいずれ利益で埋め合わせればいいのだと思った。

結果、翌年の春に一年目の採鉱を終えるころには採算がとれる目処《めど》が付き、才次郎はますます自信を深めていった。長田家老からも丹羽彦右衛門を通じて称賛と慰労の言葉を賜り、三橋才次郎の名は切れ者として家中に知れ渡ったのである。

「おお、才次郎か、評判を聞いたぞ」

あるとき、才次郎が帰宅すると、伯父の小山栄蔵がいてそう言った。栄蔵は昨年隠居して家督を長男に譲って以来、しばしば定右衛門を訪ねてくるらしかったが、才次郎が会うのは久し振りだった。栄蔵の隠居を聞いたとき、才次郎は父のときとは逆に、身内が勘定方からいなくなることにほっとしたのを覚えている。伯父という贔屓目《ひいきめ》に常に見張られているような気がしていたからである。

「ご家老より褒賞を賜ったそうではないか、まったくその若さでたいしたものだ」

才次郎が座る間にも栄蔵はにこにこしながら続けた。

「で、何を頂戴いたした」

「労《ねぎら》いのお言葉を……」

「たったそれだけか」

栄蔵は身を乗り出したが、才次郎がうなずくと、それはまたけちくさいのうと言った。

「しかし、まあ、百俵もいただいておることだし、もう金で苦労することはあるまい」

「それはどうでしょうか、いただけばいただいたで出るほうも多くなります、母も未だに内職をしているようですし……」

「ま、あれは根っからの心配性だからな、それに貧乏が染みついておる」

そういうわしも似たようなものだが、と言って栄蔵が笑っているところへ、当の静江がやってきて夕餉の支度ができたので食べてゆくようにと兄の栄蔵へすすめた。

「どちらかというと、わしは飯よりも酒のほうがいいが……」

「御酒も用意してございます」

「父上は？」

才次郎が訊ねると、口籠った静江にかわって栄蔵が信三郎を連れて釣りに出かけたそうだと言った。

「なに、じきに戻るだろう」

「はあ……」

栄蔵が訪ねてくる本当の目当てが妹の静江であることは定右衛門も知っているから、

それで留守にしたのかも知れなかったが、そういう気遣いをすればするほど、才次郎には定右衛門が人間としてどんどん小さくなってゆくように思われてならなかった。それでなくとも隠居と部屋住みの次男が連れ立って釣りにゆくなど、人が見たらどう思うだろう。

結局、栄蔵が帰るまで定右衛門と信三郎は戻らず、才次郎は静江と二人で門前まで見送った。月が欠けたうえに雲が出たらしく、暗い夜だった。その暗い道をふらふらと歩いてゆく栄蔵の姿を追いながら、大丈夫かしらと静江が呟いた。

「あんなに酔って……」

「この陽気ですから心配はいりません、ああ見えて伯父上はしっかりしたものです」

「でも……」

「それより父上と信三郎はいったいどこまで釣りに行ったものやら……まったく、いい気なものです」

才次郎が溜息をついて踵《きびす》を返すと、静江の呼び止める声がした。

「才次郎、あなたは父上を軽蔑しているようですが、だとしたら、とんでもない心得違いですよ」

振り返ると、才次郎を見上げた静江の眼はまたも何かを案じているようだった。

「それはあなたほどの才量はないかも知れませんが、父上は父上なりに精一杯の力でわたくしたちを守ってきたのです、わたくしはむしろあなたが特別で父上が普通だと思っています、だいいち自分よりも器量の劣る人を軽んずるのは間違いです、それこそ慢心しているとしか思えません」

「母上……」

「いいえ、きっとそうです」

お屋敷もお金も、そして名誉も手にしましたが、兄が言うほどあなたを誇りに思えないのはなぜでしょうか。そのことを才次郎にも考えてほしいと静江は言った。

「このままでは、いずれ不幸が起こるような気がしてなりません」

才次郎が黙っていると、静江はうつむいて家の中へ戻っていった。

(ただの心配性だ……)

才次郎は思ったが、息子を誇りに思えないと言った静江の気持ちのいくらかは分かるような気がした。家は裕福になったが、家族はばらばらになったような気もする。そうなったのは当主である自分の考えにみながついて来られないせいではないか。そう考えてもみたが、静江の言葉は才次郎の胸に小さなわだかまりを残して消えぬようだった。

(根っからの心配性だ……)

才次郎は母屋へ戻りながら繰り返した。そう思わなければ、明日から何を目指して生きてゆけばよいのか分からなかった。

翌日、城で知ったことだが、その夕、津田淡水が亡くなり、通夜があったという。淡水は胃を患い半年ほど病臥していたそうで、定右衛門と信三郎が出かけたのは観月舎だったらしい。

下城すると才次郎は信三郎を呼んで、

「寅之助には会ったのか」

と訊ねた。

「……」

「申せ」

「はい、如水《じょすい》先生も孝子先生も、それは落胆しておられました……」

信三郎の話によると、寅之助は淡水が病臥すると津田如水と名乗り、実質的にはすでに観月舎の塾頭を務めていたらしい。微禄ながら藩へも相続を願い出ているそうで、もはや観月舎は寅之助のものと言っていい。塾生の評判もいいらしく、信三郎も寅之助を敬愛しているようすだった。

「父上には口止めされたのですが……」

信三郎は一度ためらってから続けた。

「兄上は淡水先生の葬儀には行かれないのですか、門人の中でもとくに目を掛けていただいたと聞いております」

「行かん」

と才次郎は即答した。城で淡水の死を聞いたときから決めていたことで、いまさら観月舎へ行き、寅之助や孝子の顔を見るのはもちろん、淡水の前に座るのは気がすすまなかった。

「父上かおまえが弔問すれば十分だろう、わしはいずれひとりで墓へ参る」

「そうですか……」

「寅之助にも余計なことは言うでないぞ」

才次郎が睨むと、信三郎は不満の色を顔に出したが、そういたしますと言って立っていった。定右衛門とは夕餉のときに淡水が死んだという事実だけを話し、弔問についてはどちらからも触れなかった。あとはただ黙々と食事を済ませただけである。

以来、家族の口から観月舎や寅之助の名を聞くことはなかったが、才次郎はときおり誰からというのでもなく噂を耳にすることがあった。津田家が跡取りに恵まれぬのは夫妻して学問のしすぎだとか、寅之助の代になってからは講書が国学に偏りすぎているとか、そのために武家の塾生が徐々に減っているとかいうことである。何かの席でそうした話が出ると、才次郎はできるだけ聞かぬように努めたが、孝子の名が出ると我知らず耳を傾けるというふうだった。

だがそれも淡水の死後一年ほどの間のことで、一度絶えると噂は春の雪のように才次郎の周りから消えていった。

才次郎が再び寅之助の名をその耳で聞いたのは、そうして三年が過ぎ、四度目の採鉱を終えた晩春のことである。

その夜、花房町の料理屋を出た才次郎を暗がりで待ち伏せたものがいる。料理屋で会っていたのは千野屋という御用達で、御用達のほかにもそのころには才次郎に相談を持ちかけてくる商人は大勢いた。会えば黙っていても駕籠代と称して賂《まいない》をくれるので、才次郎はさらに上を目指すときのためにそうした金子を貯え、そのために会っているようなものだった。それを悪事とは思わなかったし、実際、才次郎の口利きで商いになった例も多い。

商人は決まってすすめ上手で、その夜も才次郎はいくらか酔っていたのだろう、

「それにしても如水先生は堅い御方で、てまえどもからは何ひとつ受け取りません、あれでは日々の暮らしにも困るでしょうに……」

息子が観月舎へ入門したという千野屋から聞いた寅之助のようすを思い出していたせいもあり、町屋を抜けて間もない暗がりに潜んでいた男たちの気配にはほとんど気付かなかった。ただ運よく提灯の灯が微かに動いた白刃を照らしてくれたので助かったようなものである。

「天誅！」

不意にそう叫んだ声が明らかに若者のものであったことにも驚いたが、その言葉に才次郎は一瞬愕然とした。

まさかと思ったときには目前に白刃が迫ってい、才次郎は提灯を投げつけると同時に抜き打ちにひとりを斬ったが、酔いと闇のせいでたしかな間合いがとれず、手応えは浅いものだった。燃えた提灯の炎にさらに二人の男の姿が照らし出されたときには駄目かと思ったが、二人は仲間が斬られたのを見て怖気《おじけ》づいたようだった。

「きさまら、何者だ！　三橋才次郎と知っての狼藉《ろうぜき》か」

才次郎が叫ぶと男たちは尻込みし、思い切って詰め寄ると、果たして這《ほ》う這《ほ》うの体で逃げ去った。

才次郎は冷や汗がどっと吹き出してくるのを感じながら、道端に倒れている男へ歩み寄った。男は意識はあるらしく、才次郎が近付くと、殺せと怒鳴った。十五、六と思われる少年の声だった。

「おい」

と才次郎は剣先を男に向けて言った。

「武士なら名を名乗り、わけを申せ、事と次第によっては今夜のことはなかったことにしてやる」

「……」

「さきほど天誅と申したな」

「そうだ、天誅だ」

と男は誘われて繰り返した。

「我々は私欲のために国民《くにたみ》を食い物にするきさまのような輩《やから》に天誅を加える、幕府の悪政を追及し、世の中を清めるにはまず足下の泥からだ、そのために我々は決起した」

「ほう、それはたいした志だな、いったい誰からそのような暴論を吹き込まれた」

「吹き込まれたのではない、自ら学び、考え、行動している」

「ならば名を申せ、恥じるところがなければ言えるであろう」

「新六、それ以上は言えん」

「どこぞの門人か」

「それも言えん」

「仲間は大勢いるのか」

「いまは三人だが、いずれ必ず増える、世の中が我々を求めているからだ」

「仮にそうだとしても先刻の腰付きでは何もできまい、考えもまだまだ浅いな」

才次郎は刀を納めると、新六の刀を拾って鞘に戻した。それから新六が片手で押えている脇腹の傷口を確かめて言った。

「これならひとりで歩いて帰れるだろう」

才次郎が斬ったのは新六の脇差らしく、腹はかすり傷だった。

「見逃してくれるのか」

「子供を斬るほど愚かではない、だが二度目は容赦せんぞ、仲間にもそう伝えておけ」

「恩には着ぬぞ」

そう言い返した新六へ、

「ひとつ、いいことを教えてやろう」

才次郎は立ち上がり、仄かな月明かりに目鼻立ちの見えてきた顔を睨《ね》めつけて言った。

「世の中はおまえたちが考えるほどたやすくは変わらぬ、なぜだか分かるか」

「……」

「たとえ悪人を斬ってもまた別の悪人が現われる、早い話がおまえがその悪人になるかも知れん、志と言えば聞こえはいいが言葉を変えた欲にすぎん、世の中をよくすると言うが、それもおまえが望む世の中だろう、人にはそれぞれの欲があり、たまさか同じ夢を見ることはあっても最後は世の中や人のためにではなく自分のために生きる、たったいま仲間がおまえを見捨てて逃げたようにな、人間はそうできているのだ」

「そんなことはない、きさまの考えは汚れている」

「いまに分かる、それまで軽挙はせぬことだな、たとえ世の中を変えても人間は変わらぬし、人のために命を落として得られるものはないぞ」

才次郎は言って闇の中へ立ち去った。命があることにほっとしながら、すっかり酔いの醒めた頭で、新六にはああ言ったが、どうやら母の予感が当たったようだと思っていた。

十四

さらに一年が過ぎた春に丹羽彦右衛門の隠居が決まり、才次郎は二十九歳で念願だった勘定吟味役への昇進をほぼ手中にした。

「後任にはそなたを推《お》しておいた」

丹羽は見栄でそう言ったが、事実は植草五左衛門に隠居を迫られ、どうにか延ばし延ばしに来たものの、ついに余儀ないところまで追いつめられた結果だった。予定より一年遅れたとはいえ、五左衛門は約束を守り、才次郎も五左衛門の要求に応えるときがきたのである。

岩戸半助が残した書類は、その後、かなりの量を書き足しており、ひとたび公にすれば今度こそ執政の命取りとなるものになっている。そうして書類の価値を維持し、重職らの奸計から身を守ってきたが、むろん不正が表沙汰になれば才次郎自身も失脚するだろう。

その意味では不正の証《あかし》など一日も早く始末したほうがよいのだが、こののち身を守るものがなくなるという不安もあって、才次郎は余分に写しを残すことにした。近々会うことになっている五左衛門もその点は念を押すだろうが、確かめたくとも確かめようがない。それともはじめから書類など眼中になく、自分を不正に巻き込むことによって裏切れぬようにしたのだろうか。いずれにしても、もはや才次郎は重職らと一蓮托生の運命にあり、それが五左衛門にとっての保証といえば保証だった。

この数年の間、才次郎は巧妙な手口で採鉱による利益の一部を五左衛門に流れるように取り計らってきた。五左衛門はそれを長田家老らに分配し、利権と身の保全をはかったようである。そうした金は力となり、長田家老の専横を許すとともに、執政交代を望む家中の声をもみ消してきた。その証に、これほど長く執政の顔触れがひとりも変わらぬのは異例だった。

そして異例といえば、伝八が家督相続を待たずに町奉行に昇ったのもそうである。三人いる奉行の中で、伝八は最も若く、力のある奉行だと言われている。才次郎は最近になって知ったことだが、伝八はかなり以前に形だけ他家の養子となってい、いまでは妻帯して子もいる。だが、いずれは植草家へ戻るはずで、そのころには執政を目指す地位を摑んでいるだろう。城でときおり見るとき、伝八はともかくも威風堂々として、自信に溢れているようだった。

「三橋か、評判は聞いているぞ」

「は……」

「うまくやったものだな」

いつだったか、城の廊下でそう言われたとき、才次郎はただ低頭したが、内心ではうまくやったのはきさまだろうと思っていた。少なくともおれは自力で這い上がってきたのであって、おまえのような側脈《そくみゃく》ではない、いずれ根元から切り倒してやる。そう腹の中で言い返した。

もっとも、いまは無事に吟味役に就くのがさきで、そのうえで足下を固めなければならない。金と権力さえあれば身分など後からいくらでもついてくる。それこそ五左衛門がいい例ではないか。

（ここさえ乗り切れば……）

あとは一気に上り詰めるだけだと才次郎は思っていた。

ところが、ようやく五左衛門から知らせがあったのは春も行きかけたころで、そのころには丹羽の後任として別の名が浮かび上がっていたのである。言われた通り、日没後に長田家老の屋敷へ出向いてみると、すでに五左衛門もいて家老と酒を酌み交していた。

案内した家士《かし》が才次郎の訪《おとな》いを告げると、

「おう、来たか、入れ」

うだった。

と五左衛門は声を弾ませたが、長田家老は才次郎を一瞥しただけで盃に目を戻したよ

「三橋才次郎にございます、本日はお招きにあずかり……」

「挨拶はよい、それより書類は持参したであろうな」

「は、これに……」

才次郎が脇に置いた風呂敷包みを指すと、まずはお見せいたせ、と五左衛門が言い、

才次郎は包みを解いて膝をすすめた。書類は同じものが二部あり、一方には岩戸半助が、

他方には才次郎が署名している。

二人が検分する間、目を伏せて気配を窺《うかが》っていると、不意に書類を引き裂く音がして

長田家老が言った。

「よくぞまあ、ここまで……」

温厚な顔立ちに似合わず、才次郎を見た視線は冷たく突き刺すようだった。

「ほかに写しはないという証はあるのか」

「こうして持参いたしましたのが何よりの証でございます」

才次郎は平伏して言った。

「てまえは岩戸半助とは違います、それはもうご承知のはずかと……」

「なるほど知恵は働くようだが、家老を脅して無事に済むと思うか」

「脅したつもりはございません」

「ほう、いけずうずうと申すか」

「ほかにこうしてご家老さまにお目にかかれる術がございましたでしょうか、お手を煩わせた分、植草さまを通じ、てまえなりに十分な心遣いは致したつもりでございます、仮に脅すつもりであれば書類は持参せずとも済みましたでしょう、ありていに申し上げて書類は成り上がるための道具で、誓って叛意はございません」

「それが事実として、わしに会うて何とする」

「むろん、お引き立ていただくためにございます、たかだか三十石の身分では申し出せぬことにて……」

「吟味役には別の候補もおる」

「聞き及んでおります」

と言ってから、才次郎はちらりと五左衛門を見た。ここへきて約束を違《たが》えるような真似をしたのは、はっきりと力の差を見せつけるためだろう。当然のことを恩に着せる遣り方は才次郎も心得ている。

「しかし、誰であれてまえよりお役に立てるとは思えません、それはこの六年の間にお目にかけた通りです」

「たいした自信だな」

「おそれいります」

「ま、それくらいのほうがいいかも知れんが、ただし野心はほどほどにせんと命取りになるぞ」

長田家老が言って、どうだ、植草、と五左衛門を見た。

「はっ、ご家老さえよろしければ、それがしに異存はございません」

「では、例のことを……」

五左衛門は黙ってうなずくと、才次郎へ、そのほうには願ってもない話がいまひとつあると言った。

「そなた、まず嫁をもらえ」

「は？」

「その齢で妻がおらぬのは何かと不便であろう、吟味役ともなれば家政も一段と手間がかかる」

「しかし……」

「ついてはご家老のご息女、小藤《こふじ》さまをどうかとお願い申し上げていたところだ、お歳はやや上だが佳人であられるし、何よりご家老とご縁が繋がるのはありがたいことぞ」

「……………」

「どうした、何か不服でもあるのか」

「いえ、あまりに突然のことにて……」

どうにか狼狽を隠しながら、才次郎は謀《はか》られたと思った。重職と縁戚になることに不満はないが、たしか四女の小藤というのは長田家老の庶子で、歳もそろそろ三十を過ぎるはずだった。一度は他国の良家へ嫁したものの、二年足らずで離縁されたと聞いている。噂では婚家の舅が倒れたにもかかわらず、看病を拒否して里帰りし、そのまま離縁となったらしい。

長田家老が我儘な出戻りを才次郎に押しつけるのは、厄介払いと同時に裏切りは許されぬ膠漆《こうしつ》の関係を築くためだろう。縁続きとなれば、それぞれの功過が互いの浮沈にもつながる。あるいは娘に因果を含めて、堂々と才次郎を見張らせる腹かも知れない。いずれにしても病の舅を見捨てて実家へ帰るような女が、三十を過ぎて家格の低い三橋家に入ることを喜び、夫に尽くすとは思えなかった。

「小藤さまは再嫁ゆえ、祝言はごく内輪で済ませるとしても、吟味役に就くのはそれからということになろう」

それが条件だと言うような眼で才次郎を見ると、五左衛門はその場で返答を迫った。家老の前で断われるものなら断わってみろとでも言うような高圧的な態度だった。

「ありがたく……」

と才次郎はためらいがちに言った。

ある。

「お受けいたします」

ほかに答えようもなく、出世のためには止《や》むないことだと割り切るしかなかったので
けれどもそうして話がまとまり、酒をすすめられて飲むうちには、どうせ互いに望まぬ縁ならば小藤とやらを利用してくれようと思った。当座は望むものを与え、三橋に嫁してよかったと思わせれば、あとは扱いようでこちらの意のままに動くだろう。苦労を嫌う女であれば、むしろたやすく手懐《てなず》けられるかも知れない。

そう気持ちを切り替えていたとき、

「まかり間違えば、岩戸の二の舞を演ずるところであったな」

長田家老が呟くように言った。見ると、空の盃を眺めて微苦笑を浮かべている。

「あれには手を焼いたが……痴《し》れ者め、結局は自ら腹を切りおった……」

岩戸半助は一足先に執政の知らせを受けた江戸表の刺客が待ち伏せたそうで、いったんは切り抜けたものの、追いつめられて斬り結ぶうちに書類も行き場も失い、最後の手段《てだて》として諫言《かんげん》切腹を図ったらしい。だがその声も藩主には届かず、結果は徒死したに等しかった。すべてが徒労であったことは、刺客を放った当人ですら未だにその切腹の真意を取り違えていることでも明らかだろう。

「いまどき無念腹とはな……」

「まったくです」

才次郎は言って酌をしたが、改めてこの男が義父になるのかと思うと、微かな好運は匂うものの、喜びは不思議なほど感じられなかった。

十五

「それで、承知したのか」

果たして定右衛門の驚きは大きく、その顔に喜びは微塵も見られなかった。家老と縁続きになるといっても嫁となる相手は庶子であり、どこまで長田家老が身内として考えてくれるかは疑問だろう。

才次郎がうなずくと、定右衛門はうつむいて唇を噛んだ。

「小藤さまの噂は聞いておろう、いったいおまえはどこまで上を望むつもりだ」

「わたくしが望んだ縁ではございません」

「ならば、なおさら辞退すべきではないか」

定右衛門はいつになく強い口調で言うと、よく考えてみろ、と声をつまらせた。

「たしかに長田さまは権勢を誇っているが、それだけ独善家でもあられる、そのような御方が本気でおまえを相手にすると思うか、縁談は体よく小藤さまを長田家から追い出すためとしか思えぬ」

「それでも縁は縁です」

「それほど出世がしたいか、吟味役と引き替えに心まで売るのか」

「父上にはお分かりにならぬことです、三橋家をここまでにできたのは偏《ひとえ》に無駄を切り捨ててきたからです」

「それで何を得た？　屋敷と金と奉公人、そのほかに何を得たというのだ、静江を見てみろ、わしをよく見てみろ、兄と口も利かなくなった信三郎が幸せに見えるか」

「信三郎も男ならいずれ分かるはずです、母上の心配性は生まれつきのものですし、父上には堂々としていただきたい」

「………」

「三橋はもうむかしの三橋ではないのです」

「ならば申すが……」

と言ってから、定右衛門は小刻みに唇を震わせた。それから言葉を紡ぎ出すように言った。

「小藤さまはな、そもそも植草五左衛門の妾だった女子の子ぞ、あの男は自分の妾を家老にくれてやったのだ」

「………」

「わしほどの歳のものなら誰でも知っていることだ、小藤さまに罪はないとはいえ、家中に貰い手がなかったのは当然のことだし、だからこそ他国へ嫁に出されたのだ、それをいまさら……」

才次郎は愕然とした。あの五左衛門が弄《もてあそ》んだ女の娘を娶るのかと思った。

「それでもおまえは出世のために小藤さまを妻にするのか、そうしてこのさき世間の笑い物になるのか……いまならまだ間に合う、出世など諦めてお断わりいたせ、わしも土下座して謝ろう」

定右衛門の声を虚ろに聞きながら、待ち構えているであろう世間の嘲笑を想像してもみたが、もう引き返すことはできぬだろうと思った。断われば失うものが多すぎるし、出世を諦めるだけでは済まぬだろう。小藤はおれの見張りであり、執政を裏切らぬという保証でもある。その保証がなければ、長田家老はいずれおれの始末にかかるに違いない。

案外な足枷《あしかせ》に気付いたものの、ここへ至るまでの経緯《いきさつ》を定右衛門に打ち明けるわけにもいかず、才次郎はしばらく黙然としていた。

「これからすぐにお屋敷へ参ろう、なに、わしがこの顔を泥に埋めてでも必ず許してもらう、おまえのためにならそれくらいのことは何とも思わぬ、さ、支度をいたせ」

やがて焦《じ》れて腰を浮かせた定右衛門へ、

「いえ」

と才次郎は声高に制した。

「その必要はありません、わたくしは小藤さまを妻に迎えます、親の意に逆らい、親に嫌われるような女子こそ、わたくしにはふさわしいかも知れません」

ほかになす術がないこともあったが、母親を品物のように扱った植草五左衛門や長田家老に対する小藤の心情を思うと、却って身近に感じられたことも事実だった。

「世間など笑いたければ笑わせておけばよいのです、どうせ半分は妬みでしょう」

「おまえというやつは……」

定右衛門は呟くと、心なしかうっすらと涙を浮かべた眼で才次郎を見た。


あわただしく祝言の日取りが決まり、いよいよ明日という日になって、意外にも長田家老から吟味役就任の正式な沙汰があった。曲がりなりにも親として考えた娘への餞《はなむけ》か、あるいは家格の差を考えて与力ではなく吟味役に嫁がせることにしたのかも知れない。どちらであれ、才次郎にとってはさして違いのないことだった。

手短に用談を終えて家老の御用部屋を出ると、廊下に取次の男がいて植草五左衛門の詰所へ寄るようにと言った。中老の部屋は大廊下を挟んだ斜め向かいに並んでい、その足で才次郎が行くと、五左衛門はひとりで茶を飲んでいた。

「ご家老との話はどうであった」

用件はとうに承知していながら顔色を窺った五左衛門へ、

「お蔭さまをもちまして、ただいま勘定吟味役を仰せつかりました、これよりお歴々にご挨拶に参るところです」

才次郎が改めて礼を述べると、

「うむ、それがよい」

五左衛門は言って湯呑の底に残っていた茶を音を立ててすすった。それからさっと本題に入った。

「ところで、そなた、鉄砲組の中村新六という男を存じておるか」

「いいえ」

と才次郎は慎重に答えた。新六という名には覚えがあったが、思い当たる男が中村新六かどうかは分からなかったし、五左衛門の不審げな眼差しに嫌な予感がしたのである。

「その男が何か？」

「近ごろ家中に尊王を唱え、大胆にもご公儀を批判する輩《やから》がおっての、調べさせたところ、その中村とやらが火元の一人らしい、なに、すでに捕えて詮議いたしておるところだが、聞けばそなたを襲ったことがあると申したそうな」

「てまえを？」

「一年前と言えば分かるか」

「………」

才次郎はしばらく考えてから、はたと思い出したように言った。

「もしや、あのおりの……しかし、その男とすればまだ子供でございましょう」

「いまでは剛の者に変わったようだ、そなたのこと以外は何も吐かず、腹を切らせろの一点張りでな、ま、いずれそうなるには違いないが……まさか関りはあるまいな」

不意に射貫くような眼を向けてきた五左衛門へ、

「むろんです」

と言ったが、才次郎はなぜ新六が自分のことを話したのだろうかと思った。五左衛門の疑念もそこから生まれたのだろう。馬鹿な真似をしてくれたものだと思いながら、才次郎は少しでも嫌疑を晴らそうとして言った。

「ひとりではないとすると、早急に手を打たぬと大事に至るやも知れません、詮議が手緩《ぬる》いのではありませんか」

するとと五左衛門はようやくにやりとした。

「いや、すでに首魁《しゅかい》は知れておる」

そして今夜にも一味が集うので、目付とともに町奉行の伝八が一網打尽にする手筈だと付け加えた。

中村新六は津田如水の門下で、家を調べたところ興国小論なる如水の草稿と写しかけの写本が出てきたという。しかもその中身は幕政の矛盾を指摘しながら王政復古を唱え、藩政においても重職らの独善を廃し、身分を問わぬ人材登用を説く過激な執政批判に及んでいるらしい。

（身分を問わぬ……）

才次郎が思わず考え込んでいると、

「遅くとも夜半には片付いていよう」

五左衛門が薄笑いを浮かべて言った。いかにも遣り手らしい高慢な笑い方だった。

「これで伝八も名を上げるであろう」

十六

葱畑に差しかかると、春はとうに過ぎたというのに、まだ枝の端に息づくらしい椿の花が匂うようだった。かつて通い馴れた野路は十余年を経ても変わらず、夜露に濡れた草を踏みながら歩くうちに、淡い月明かりの中に懐かしい木立の輪郭が見えてきた。椿はあれから一段と背を伸ばしたらしく、才次郎の視線が高くなったにもかかわらず、少年のころに見上げた大木の印象はそのままだった。

（ひょっとして……）

中村新六はこのおれに賭けたのかも知れない。寅之助の弟子なら、おれとのことも少しは聞いているだろう。ふとそう思いながら観月舎の手前で畑道へ折れ、迂回して椿山へ入ると、才次郎はむかし孝子と待ち合わせたあたりで立ち止まった。月の光は樹下にまでは届かず、かろうじて太い幹の見える暗闇が続いている。足場のよいことを確かめて、才次郎はそこで待つことにした。

どこに捕り方が潜んでいるかも知れぬ状況で、無闇に動いては助かるものも助からぬかも知れない。むかしのままであれば、観月舎の裏庭には庭木の奥に椿山へ抜ける小道があって、よく孝子が不意に姿を消したり現われたりしたように、運がよければそこから逃れられるはずだった。

道側の木陰から観月舎のほうを見ると、裏庭を北と東から仕切る塾舎と母屋からは薄明かりが洩れてい、庭側の戸締まりはまだのようだった。比べて門口のほうは墨のように暗く、眼を凝らしても何も見えなかったが、伝八らは必ずどこかに潜んでいるはずだった。まだ目当ての顔が揃わぬのか、襲撃の頃合いをはかっているのだろう。

（どうにか間に合ったようだ……）

才次郎は刀の下げ緒を外すと、襷《たすき》をかけて股立《ももだち》を取り、繰り返し大きく息を継いだ。そうして乱れた息を整えながら、ついさっき別れてきた家族のことを思った。

「よいか、信三郎、わしは人として大きな過ちを犯したらしい、それはもう取り返しのつかぬことだが、ひとつだけ三橋を救う道がある」

城から戻り、悶々とした時を過ごして才次郎は言った。

「この書類を持って先の筆頭家老・堀川介右衛門さまのお屋敷へ参れ、わけはこれをお目にかければ分かる、あとは堀川さまの指図を仰ぎ、急ぎ警護の手勢を借りて家へ戻れ、ほかに三橋が助かる道はない」

「あ、兄上はどちらへ」

「寅之助に会いに参る、久し振りに顔を見たくなってな……」

そう言うと、信三郎は今生《こんじよう》の別れを悟ったらしく、兄上、とまた声を震わせた。その声が聞こえたのだろう、じきに母の静江が廊下に現われ、どうかなさいましたかと言った。

「何でもありません、信三郎に頼みがあって話していたところです、明日は祝言でお忙しくなるでしょうから、今夜は早くお休みください」

「でも……」

「何も案ずるようなことはありません、わたくしと信三郎は小用で出かけますが、じきに戻ります」

それでも不安げな顔をして戻りかけた静江へ、

「母上」

と才次郎は思わず呼び止めて言った。

「父上に、その……明日は誰よりも堂々となさいますようにと……」

定右衛門の顔を見ずに出てきたのは悔やまれたが、むしろそれでよかったようにも思われた。あの父なら、言葉など尽くさずとも分かってくれるに違いない。そう思っていたとき、いきなり遠い叫び声がして、次の瞬間には一斉に斬り結ぶ刀の音が聞こえた。甲高い叫声は捕り方に刃向かう門人のものらしく、先生と呼ぶ声が飛び交っている。

（寅之助……）

しばらくして我慢がならずに駆け出そうとしたとき、前方の闇に微かに動く人影が見えた。人影は複数らしく、近付くにつれて白いものが見えた。

「寅之助か」

才次郎が問いかけると、二人は立ち止まって後退りした。白く見えたのは孝子の着物だった。

「その声は、才次郎か……」

と寅之助が言った。懐かしい声だった。

「そうだ、むかしの借りを返しにきたぞ、あとはわしに任せてどこへでも逃げろ」

「……」

「早くしろ、追手が来る」

「才次郎……」

寅之助は一、二歩、歩み寄ると、身の危険も顧みずに声を上げた。

「おまえも一緒に来い、おれたちを逃がしたらおまえこそ助からんぞ」

「そのために来たんだ」

「すると、おまえは……」

「行け、行かぬと斬るぞ」

「おまえというやつは……」

寅之助は深々と辞儀をすると、孝子の手を引いて走り去った。才次郎の脇を駆け抜けるとき、一瞬だが孝子がじっと才次郎を見つめた。驚きと悲しみ、そして安堵の入り混じったような眼だった。その眼に才次郎は小さくうなずいてみせた。

（これでいい……）

おれは逆徒として死ぬが、寅之助と孝子は生きて、ひょっとしたら新六が言ったように世の中を変えるかも知れない。たとえ寅之助にできなくとも、きっと新六のような次の寅之助が現われる。そうして世の中は少しずつ変わってゆくに違いない。

（おれはその踏板になるのだ……）

才次郎がすがすがしい気持ちで抜刀したとき、ようやく抜け道に気付いたらしい捕り方の声が聞こえてきた。

「こっちだ、追え、ぐずぐずするな」

耳を澄ますと、声の主は伝八のように思われたが、なぜか激しい怒りも憎しみも湧き上がらなかった。

(伝八には分かるまいが……)

やがて猛然と近付いてきた灯を見つめながら、才次郎は少年のころに寅之助や孝子と過ごした春の日を思い浮かべた。すると不思議なことに、正眼に構えた体からみるみる力が抜けて、まるで満開の椿の下にいるような安らかな心地がした。

解説

縄田一男

乙川優三郎は、今年（平成十三年）の八月、山本周五郎賞受賞第一作となる長篇『かずら野』（幻冬舎）を上梓した。

この作品は、妾奉公とも知らずに糸師・山科屋彦市のもとへやられた足軽の娘菊子と、その彦市を殺した息子富治との、愛のないままにはじめられたいつ果てるとも知れぬ流転の歳月を描いた異色の一巻となっている。作者は、松代、江戸、行徳、銚子と安らぎを求めて彷徨を繰り返す二人の姿を活写。乙川優三郎は自分が傾倒する作家の筆頭に山本周五郎を挙げているが、とすればこの一巻は、周五郎の『虚空遍歴』、或いはフェリーニの映画「道」などにも触発されたようにも思われる。

そう考えると、『かずら野』を読んでいて思い出されるのは、周五郎がある作品の中でいっていた一言、「この世に生きている以上、あらゆる者が無傷ではいられない」であり、そのことからも作者が、人生をギリギリのところで踏みとどまって生きている男女の姿を描いていることが了解されよう。更に、ここで描かれている一組の男女——菊子と富治の立場は、ちょうど「道」におけるジェルソミーナとザンパノのそれを逆転させたようにも思えて来る。

いずれにせよ、作者は結末において、菊子を、いや読者をも裏切るかたちで、切れば血の出るような感動を用意している。未読の方のために敢えて詳述はしないが、ラストは一見、山本周五郎賞を受賞した作品集『五年の梅』（新潮社）に収められた傑作「小田原鰹」のそれと似ているような気もする。しかしながら同時にそこに示されているのは、互いを理解しているようでいて、実は何一つ分かり合えていない夫婦というものの不条理さであったり、本来、別のかたちで分かちあえるはずの感動だったのではあるまいか。ラストで作者がヒロインに与えたのは劫罰であったのか、それとも救済であったのか——そんな論議さえ可能な懐の深い一巻であるように思われる。

ちょうど今年の三月に作者と対談した折、「女性が主人公の長篇です。足軽の娘がたどる半生で、武家ものというよりは、どちらかというと市井ものに近いですね」といっていたのが『かずら野』になる訳で、その時、「ボツになるかもしれないので、これ以上は話さない方がいいかもしれない」と続けていたが、とんでもない——私は先に異色の一巻と記したが、作者にしてみれば、これまでの人間観照を更に一歩押し進めた必然として、この長篇が生まれたのではないだろうか。

しかしながら、『かずら野』に見られるような、己れをがんじがらめに縛りつける状況の中で、或いはそれに立ち向かい、或いは埋没していく男女の姿をモチーフにして人間を掘り下げていく手法は、本書『椿山』に収められた諸作において既に顕著に示されている、というべきであろう。

『椿山』は乙川優三郎初の作品集で、初刊本は平成十年十二月、文藝春秋刊。作者の文章の巧緻さには定評があるが、本書でまず読者が目を見張るのは、その文章や台詞の上に、作中人物の意志や感情を定着させる際に示される力量の見事さであろう。

例えば巻頭の一作「ゆすらうめ」は、六年の年季を終えて客に身体を売る色茶屋暮しからようやく足を洗えたおたかと、彼女が再びこの世界に戻らぬように心を砕く色茶屋の番頭孝助との交渉を描いたもの。その中で堅気の茶屋で働くことになったおたかが、勘定を置いた客に「ありがとうございます」といい、「そのひとことで生まれ変わったような気がした」と記されている箇所はどうであろうか。こう引用すると何でもないように見えるが、その何でもないような一節に読者の魂をゆさぶるような感動を吹きこむことの出来るのが乙川優三郎である。読者は必ずや、知らず知らずのうちに作中人物と思いのたけを一にしている自分自身を見出し、ハッとするに違いない。

そしてこの「ゆすらうめ」に話を戻せば、私は今、物語の軸は、おたかと彼女が再び色茶屋に戻らぬように心を砕く番頭孝助との交渉である旨を記したが、作品を読み進むにつれ、実は表向きはそうであっても、その内実は少々ニュアンスが違うことが分かって来る。というのは、孝助の心の砕き方に問題があるのだ。孝助自身も姉のやっている色茶屋を醜い商売であると嫌悪し、そこから出て行きたいという願望を抱いている。そして孝助は、実家のためにもう一度身を売ってくれと頼みに来たおたかの兄を怒鳴るなど、一見、彼女のことを本気で心配しているように見える。しかしながら、孝助の心の奥底にあるのは、「(おたかにできれば、おれにもできる……)」、もしくは、「(ふたりでやり直そう、一緒に逃げてくれ)」という、自分が踏み出すことの出来ない一歩をおたかを巻き込むことで可能にしようという、手前勝手な甘え＝エゴイズムでしかない。でなければ、「(家族を)どうしても見捨てられないの」と、色茶屋に舞い戻って来たおたかの、それこそ表面上の媚態のみを見て嫌悪感を抱くはずはないのである。

そして作品のラストで、おたかはそんな孝助の背中をすら押してやるのである。孝助はその思いに気づいたか否か——乙川優三郎は敢えて明確には記していない。だが、作者は間違いなく言外にいっているのではないのか。このどん底にいるおたかこそが真に美しいのだ、と。

続く、博打好きの亭主友蔵と別れることの出来ないおとよの愛憎を描いた「白い月」で、彼女の拠りどころとなるのは、死んだ母親の遺した「どんなことがあっても友蔵さんを見捨てちゃいけないよ、あの人は気持ちがまっすぐすぎるだけなんだから」という一言。この一篇など、「小田原鰹」や『かずら野』につながるテーマやモチーフを持ち、最後の最後まで相手の善なる部分を見つめようとするおとよの姿勢が深い感動を呼ぶ。

そして次の「花の顔」はこの一巻の中で私が最も好きな一篇でもある。

現代にも通じる老人介護の問題を扱った本作で、長年の確執の果てに痴呆症になった姑たきを、嫁のさとは思わず、「よしなさい、たき！　幾度言ったら分かるのですか」と怒鳴りつける――しかしながら、その後でさとを襲う悔悛の念は、やがて作品の中で、彼女の、生きることの辛さを是として前向きに取り組んでいこうとする姿勢へと昇華していく。出世のために江戸詰を続ける夫の助力を得ることも出来ず、親類や隣家からも見捨てられたさとが最後の手段に訴えようとしたその刹那、童女に戻ったたきの「ご親切にどうも……」の一言で、さとははじめてたきの背負って来た重荷のすべてを知る。そして、そのたきの顔を「花のように美しい」と感じることが出来た時、またさとも花の美しさに包まれているのである。どん底にあって喘ぎに喘いでいてもなお人間は美しいものではないのか、という作者の問いかけをこれほどストレートに示した作品はあるまい。

なお、この一篇は『代表作時代小説（平成十一年度）』（光風社出版）に年間の代表作として収められているが、私見を述べれば老人の痴呆症をテーマにした作品の中でも、耕治人の「どんなご縁で」と双璧を成す力作ではないかと思う。

さて、いよいよ巻末に据えられた表題作について筆を進めることになったが、この作品は結論からいえば、自分が心に抱く甘美かつ甘酸っぱい原風景に裏切られた男の話、ということが出来るかもしれない。ここでは主人公として、小藩の若者たちが集う私塾・観月舎で、身分故の理不尽を味わい、出世に賭ける覚悟をした青年才次郎が登場する。家族にも心をひらくことなく、孤独に生き、「そもそも正義を行なうべきものが私腹を肥やしているのだから、非力なものが正義を逆手に取って何が悪いだろうか」とうそぶく才次郎——彼は手段を選ばず藩政の中枢にまで登りつめるが、口とは裏腹に自分の歩んで来た道筋を正当化するのにどこかうしろめたさを感じているのではないのか。そして、そんな時に思い浮かぶのは、かつて無二の親友であった寅之助や、その寅之助と夫婦になった憧れの女性孝子との、椿山をめぐる淡い無垢なる風景の数々。それが権力を握った側に立つ才次郎に復讐しはじめるのだ。

前述の対談の中で乙川優三郎は愛読書として井上靖の『しろばんば』を挙げ、『しろばんば』の子どもたちの原風景と作者の第二長篇『喜知次』(講談社文庫)の主人公のそれに共通するようなところはあるかという私の問いに対し、「子どもたちの社会を通してその時代が見えるように、井上さんは書いてますが、私はまだ到達していない」と答え、更に「『椿山』で、出世の鬼になった主人公が、最後の最後で自分の命と引き換えで、一瞬青春を取り戻すじゃないですか。小説を書くことで、あのときこうしていれば……なんて、ご自分の青春を追うことはありますか？」という問いには、「どうしても自分というものが小説のどこかに出て来ますね。自分の青春がこうなっていたならよかったということはないんですが、よかったこと、悪かったことを主人公に投影することはあります」と答えている。

いずれにせよ、人は自分の最も大切な風景から逃れることが出来ないものかもしれない。それが純粋なものであればあるほど——。そして才次郎をがんじがらめに縛ってしまった状況は、実は己れの心の中のかたくなさにこそあったのではないのか。

四作とも、生きる喜びが呻吟の中から生まれて来ることを、そして実は苦悩している時こそ人間は最も美しいのだということを、空虚な人生論的論議からではなく、肌で知っている者にしか書けぬ光彩を放っている。だからこそ、人の心を打つのである。乙川優三郎作品に絶対的信頼が寄せられる所以でもあろう。

（文芸評論家）

文春文庫

椿《つばき》 山《やま》

定価はカバーに
表示してあります

2001年11月10日　第1刷
2005年6月25日　第9刷

著　者　乙《おと》川《かわ》優《ゆう》三郎《ざぶろう》

発行者　庄野音比古

発行所　株式会社 文藝春秋

東京都千代田区紀尾井町 3-23　〒102-8008
TEL 03・3265・1211
文藝春秋ホームページ　http://www.bunshun.co.jp
文春ウェブ文庫　http://www.bunshunplaza.com

印刷・凸版印刷　製本・加藤製本

Printed in Japan
ISBN4-16-714163-9